# 진짜 게으른 사람이 쓴 게으름 탈출법

# 진짜
# 게으른 사람이 쓴
# 게으름 탈출법

**지이** 지음

**이 모든 것은**

**인생이 망할 것 같다는**

**위기감에서 시작됐다!**

마인드
빌딩

# 이 모든 것은 인생이 망할 것 같다는 위기감에서 시작됐다

안녕하세요. 지이입니다.

처음에는 '출판'이라고 이름 달아도 창피하지 않을 이야기를 할 수 있을지 망설여졌습니다. 저는 게으름에서 탈출한 지금도 할 일을 그럭저럭 해낼 뿐이지, 빡센 삶과는 거리가 심하게 먼 삶을 살고 있거든요. 게다가 저는 뇌과학이나 심리학 이론도 잘 모르며, 어떤 분야에서 크게 성공을 거둬본 경험도 없습니다.

하지만 게으른 사람이 어떻게 게을러지는지, 하루를 어떤 식으로 보내면서 생활 패턴이 망가지는지, 성실하게 살려는 시도를 하다가 왜 실패하는지, 실패했을 때 얼마나 진득거리는 감정을 느끼는지, 주변의 성실한 사람들과 비교할 때 어떤 기분이 드는지에 대해서는 잘 압니다. 그런 주제에 관해서라면 몇 십 년간 게을렀던 제 삶을 참고로 남들보다 자세히 설명할 수 있을 것 같았어요. 습관화된 게으름에서 벗어나 첫발을 떼기 위해 어떤 마음가짐이 필요한지에 대해서도, 게으르지 않은 사람보다는 더 잘 이야기할 수 있지 않을까 생각했습니다.

앞으로 이어질 내용을 차분히 읽어주시고, 좋은 방법을 발견하신다면 꾸준히 실행해 주셨으면 좋겠어요. 물론 저의 경험과 성향을 기반으로 쓴 주관적인 내용들이기에 각각의 방법이 모든 분들께 딱 맞지는 않을 거예요. 자신에게 안 맞는 내용이라면, 별로네 하고 과감하게 지나가셔도 좋습니다.

다만 독자 분들이 게으름에서 빠져나오는 데 이 책이 약간의 도움이라도 된다면 저로서는 더 바랄 것이 없을 것 같아요. 이 책을 읽는 모든 분들이 만성적인 게으름에서 벗어나는 첫발을 떼시고, 원하는 목표를 향해 한 발짝씩 걸어가길 바랄게요.

## 게으름이란 무엇인가

게으름을 탈출하는 법에 대해서 이야기하려면, 먼저 게으름에 대한 정의부터 정확히 내리고 가야 할 것 같네요. 네이버 사전부터 찾아볼까요?

> **게으르다**
>
> [형용사] 1.행동이 느리고 움직이거나 일하기를 싫어하는 성미나 버릇이 있다.
>
> 예 : 게으른 사람이 성공하는 것 봤어?

… 예문이 저를 상당히 아프게 때리네요. 언뜻 보기에는 꽤 합당한 정의 같지만, 곰곰이 생각할수록 의문이 듭니다. 행동이 느려도 성실한 사람들은 많이 있지 않나? 딱히 게으르지 않아도 많이들 일하기 싫어하지 않나? 사전적인 정의만으로 실제적인 게으름을 규정짓기엔 약간 부족하다는 생각이 들었습니다.

이번에는 구글에서 lazy man으로 이미지 검색을

해봤습니다. 소파에 누워 리모콘을 든, 무료한 모습의 이미지가 압도적으로 많이 나오는군요. ('게으른 사람이 더 똑똑한 이유'라는 희망적인 게시글들도 종종 보입니다!) 하지만 이는 게으름의 이미지를 단적으로 보여줄 순 있지만 휴식과 혼동하게 될 가능성이 있고요, 오랜 시간에 걸쳐 나타나는 게으름의 패턴을 설명하긴 부족하다는 생각이 들었습니다.

이 책에서 제가 앞으로 사용할, 구체적이고 실제적인 게으름의 정의는 다음과 같습니다.

**게으르다**

① 끝없이 미루기, 대충 해치우기, 시늉만 하기 등의 행동 패턴이 기본적으로 탑재되어 있다. 이는 사소한 일뿐만 아니라 중요한 일을 처리할 때도 마찬가지로 적용된다. 의식적으로 그렇게 하는 경우도 있고, 그런 패턴이 너무 익숙해서 자각하지 못하는 경우도 있다.

② 1번의 행동 패턴으로 인해 반복되는 문제를 겪고 있다. 내적으로는 자기비하·자괴감·무기력에 빠지는 문제 등을 겪고 있으며, 외적으로는 일 처리를 못해

타인에게 피해를 주거나, 본인의 커리어를 쌓지 못하거나, 성공의 경험이 없어서 동기부여가 안 되는 문제 등이 발생한다.

이 책을 읽어주셨으면 하는 분은, 2번 문제의 심각성을 자각하고 있으며, 그 문제를 고치기 위해 노력할 의사가 있는 분들입니다. 이제 이 정의를 기반으로 게으름을 탈출해나가는 법들을 하나하나 알아볼까요?

## 차례

## 《LEVEL 2》 깨어난 후부터 잠들기 전까지, 생활 패턴 바꾸기



## 《LEVEL 3》 고정 일과를 만들어야 움직인다

## 《LEVEL 4》 사람은 쉬운 일은 계속 한다



## 《LEVEL 5》 변화는 옷 세 바구니를 버리면서 시작됐다

## 《LEVEL 6》 아주 오래된 감정습관 바꾸기



**에필로그**



**추천사**

# 나의 게으름 연대기

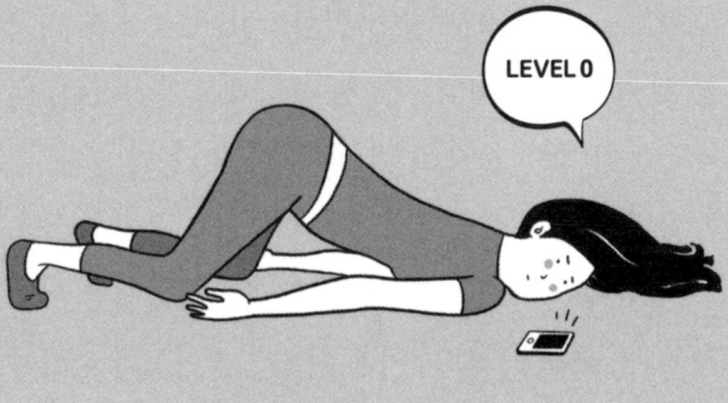

**2017년 6월**

결국 오늘도 노트북을 켜지 못했다.

자취방에 돌아와 저녁을 먹은 뒤, 인강 세 개를 듣고 기분 좋게 자자고 생각했던 게 저녁 7시였다. 거기까진 기억이 난다.

지금은 저녁 11시 반. 어쩌다 이렇게 된 걸까. 머릿속의 기억을 되감아 지난 몇 시간을 찬찬히 떠올렸다. 저녁을 먹고 배가 부르니 몸이 노곤해졌다. 5분만 쉬자는 마음으로 침대에 누웠지만, 20분 넘게 늘어져 있다가 잠들기 직전에야 간신히 일어났다. 그러고 나서 책상에 앉긴 앉았지만, 노트북에 새겨진 로고를 볼 때마다 이상한 부담감이 올라왔다. 재미없는 인강을 들으며 견뎌야 할 시간들이 벌써 지겨웠다. 스마트폰을 손에 쥐었다. '오늘 올라온 블로그 글만 읽고 인강 들어야지.'라고 생각했지만 어느새 나는 웹툰을 보고, 여름 셔츠를 찾아보며 한없이 시간을 끌고 있었다.

스마트폰을 겨우 내려놨을 때는 열 시에 가까운 시간이었다. 인강 두 개라도 듣고 자야겠다고 마음먹었을 때 지저분한 저녁 설거지가 눈에 들어왔다.

그런데 몸이 움직이지 않았다.

설거지는 세상에서 제일 귀찮은 작업이다. '혼자 살고 있으니 누가 저걸 대신 치워주는 일은 없을 것이고, 내가 움직이지 않으면 설거지는 영원히 그대로 있겠지….' 그런 쓸모없는 생각을 하며 설거지를 미루다 간신히 설거지를 마쳤다.

설거지를 끝내놓고 또 공부하기 싫어 자책감을 느끼며 빌려온 소설을 읽다가 결국 이 시간이 된 것이다.

'한심하군.'

내게 게으름이란, 별로 맘에 안 들지만 어쩌다보니 같이 다니게 된 답답하고 눈치 없는 친구 같은 것이었다. 그것도 아주 오래 전부터 함께한 친구 말이다. 할 일부터 하자고 생각해놓고 딴 짓을 하다, 결국 아무 것도 못하는 패턴은 몇 십 년간 무수히 반복됐다. 더 이상 미룰 수 없을 때가 되어서야 대충 하는 시늉만 하며 해치워 버리는 패턴 또한 수없이 겪어봤다.

나는 게으름의 패턴에 익숙할 대로 익숙해져 있었고, 게으름 또한 나에게 익숙해져 있었다. 이십여 년 동안 똑같이 행동하던 친구에게 새삼스럽게 화를 낼 필요는 없었다. 화를 내는 대신 덤덤하게 상황을 판단했다.

'음, 역시 오늘도 목표한 대로 해내지 못했군.'

그때 내가 느낀 감정의 4분의 3은 자책이었고, 남은 4분의 1에서 절반은 미묘한 씁쓸함이, 남은 절반은 막막함과 한심함이 차지하고 있었다. 같은 패턴을 아무리 반복했다 하더라도 완전히 괜찮을 수만은 없었다. 나는 게으른 주제에 꽤나 결과에 대한 욕심이 많았기 때문에 더 그랬다.

'왜 이렇게 되었는지 생각해보니 나는 어릴적부터 게을렀던 것 같아. 중학생때라도 고쳤으면 지금쯤 달라져 있을까? 지금까지의 대학생활을 돌아보니 한심하네.'

이런 생각 할 시간에 정신 차리고 인강을 듣거나 빨리 자고 활기찬 내일을 시작하면 될 걸, 불필요한 고뇌로 또다시 악순환에 빠져들었다.

'내일부턴 진짜 새사람이 되어야지. 진짜 일찍 자야 되는데 잠이 안 오네. 스마트폰 조금만 하다 잘까.'

핸드폰을 확인하니 아빠에게 카톡이 와 있었다.

「공부하느라 얼마나 고생 많으신가? 엄마 아빠는 항상 응원해요.」

조금 자책감이 들긴 했지만 그게 변화의 계기가 되지는 않았다. 진짜 한심하다는 생각이 든 것이 전부였다. 만약 자책감이 행동으로 이어지는 계기가 되었다면, 이미 십 년 전쯤에 바뀌어야 했다. 오늘은 망했으니 됐고, 내일부턴 진짜 새롭게 시작해야지라는 마음으로 자리에 누웠다.

'일찍 자자. 일찍.'

정신을 차리고 보니 다시 스마트폰을 열어 당장 살 것도 아닌 가방을 고르고, 당장 해먹을 것도 아닌 레시피들을 찾고, 생활에 별로 필요 없는 생활 꿀팁들을 캡처하고 있었다.

어느새 새벽 네 시, 머릿속이 지끈거리며 불쾌했다. 더 이상 할 것도 없어 오지 않는 잠을 청했다. 갑자기 턱 하고 숨이 막혔다. 이번 시험은 될 리가 없다. 중고등학교 때 중간고사라든지, 대학교 때 시험이야 벼락치기로 됐지만, 다들 열심히 준비하는 시험은 벼락치기로 될 수가 없었다. 그걸 잘 아는데, 너무 잘 아는데, 왜 나는 노트북조차 켜지 못하는 걸까.

내일부턴 진짜 열심히 살아야 되는데…. 나는 언제쯤 새로운 하루를 시작할 수 있을까? 아니, 언제쯤은 빼고서라도, 새로운 하루를 시작할 수 있기는 할까?

**그로부터 10년 전**

중학교 입학 후, 학습지를 신청하면서 첫 다짐은 언제나 그랬듯이 찬란했다. 일주일 동안 주어지는 숙제 분량은 한 과목당 스무 장. 하루에 세 장씩 꼬박꼬박 풀면 딱 떨어지는 분량이었다.

'하루 세 장은 20분이면 끝낼 수 있으니, 부지런히 해서 감을 놓치지 말아야지!'

하지만 사람은 쉽게 변하지 않기에 내가 그럴 리 없었다. 5년 간 나는 정말 단 한 번도 꼬박꼬박 학습지를 푼 적이 없다. 조금 성실한 주에는 목요일에 네 장, 선생님이 오는 금요일에 열여섯 장, 진짜 성실한 주에는 수요일에 세 장, 목요일에 네 장, 금요일에 열세 장 풀었다.

그렇다면 성실하지 않은 주에는? 당연히 금요일

에 스무 장 다 풀었지. 학습지에는 답지가 없었고 난이도가 높은 편이었기에, 학교에 있는 동안 스무 장을 다 푸는 것은 물리적으로 불가능했다. 그래서 나는 다양한 방법을 고안해 냈다.

한가한 친구들에게 가서 두 장 풀어주면 백 원 주겠다는 거래도 해보고, 친한 친구와 나란히 앉아 각각 오른쪽 장과 왼쪽 장을 풀며 분업을 시도하기도 했다. 중간에 몇 장을 빼서 티 안 나게 페이지 수를 줄여본 적도 있다. 모든 방법을 동원해도 결국 학습지를 다 못 푼 채 집에 돌아왔을 때는

"다 했는데 학교에 두고 왔어요."

라고 뻔한 거짓말을 하기도 했다. 학교에 두고 온 횟수가 너무 많아져서 선생님을 뵙기 민망했을 때는 집에 없는 척 인터폰 뒤에서 숨죽이고 있기도 했다. 선생님도 알면서 속아주시느라 힘드셨겠다는 생각이 들었다.

그렇게 다양한 방법으로 학습지를 숨겨두고 미루면서도 학습지를 버리지 않았다. 언젠가는 밀린 것들을 풀어 내겠다는 헛된 희망을 품었던 것이다. 물론 내가 그럴 리는 없지만 말이다.

고등학생이 되어 학습지를 끊게 되었고, 집안 여기저기 감춰둔 학습지들을 부모님이 발견하기 전에 싹 모아 버리기로 했다. 책가방에서도 몇 개 나왔고, 책꽂이 사이사이에도 꽂아 놓았다.

그동안 미뤄둔 학습지들이 다 모였을 때 별 생각 없이 가벼운 마음으로 계산을 해봤다.

'학습지가 한 달에 삼만 원이니까, 이거 하나에 칠천 원. 그러면 요만큼이 열 개니까 칠만 원… 스무 개면… 더 있네… 그것도 아주 많이….'

계산을 그만뒀다. 마음이 무거워져서 더 이상 계산할 수가 없었기 때문이다. 학생인 나에게 칠만 원은 정말 큰돈이었다. 그때서야 내 나태의 무게를 조금은 체감했다. 부모님에 대한 죄송함에 눈물을 찔끔 흘렸던 것도 같은데 그 마음 역시 오래가지 못했다.

**다시 7년 후**

우연히 아이스크림 전문점 아르바이트를 시작하게 됐다. 그 일은 인생을 통틀어 내가 좋아한 몇 안 되는 일 중 하나였다. 아이스크림을 굴리며 동그랗게 모양내는 것도 재밌었고, 아이스크림 하나에 행복해하는 아이들을 보는 것도 좋았다.

이 달의 맛을 먼저 먹어보며 얼리어답터 시늉을 할 수도 있었고, 31은 31가지 맛이 아닌, 한 달에 새로운 맛 하나가 나오는 걸 뜻하는 것이라며, 친구들에게 아는 척을 할 수도 있었다. 하지만 역시 나는 그곳에서도 성실히 일하지 않았다.

딱히 크게 문제 삼을 정도는 아니지만, 사장님 입장에서는 거슬릴 정도였다. 아이스크림을 대충 푸다가 80g이나 더 줘버린다든가, 아이스크림을 펴야 할 시점에 드라이아이스를 깨고 있다든가, 음료를 갈고 나서 정리를 제대로 안한다든가, 하는 식으로 말이다. 다행히 사장님과 사모님이 굉장히 관대해서 크게 혼나는 일은 없었다.

그러던 어느 날이었다. 꼬맹이들이 난장판을 쳐 놓고 간 테이블엔 초록 분홍색의 아이스크림들이 끈적끈적 들러붙어 있었다.

"지이야 저기 테이블 좀 닦아라."

나는 행주를 쥐고 물을 묻히고, 물기를 제거하기 위해 집에서 하던 그대로 짰다. 지금 생각해보니 짠다기보다는 손목을 5도 정도 돌리는 행위에 좀 더 가까웠다. 행주에서 물이 나왔으니 다 짜졌다고 생각했다. 그리고 테이블로 이동했다. 그때 뒤에서 깔깔거리는 소리가 들렸다.

"아이고, 살다 살다 행주를 이렇게 짜는 아아는 처음 본다."

나는 멍하게 사모님을 바라봤다.

"잘 봐라 지이야. 행주는 이렇게 짜는 거다."

사모님은 물방울이 똑똑 떨어지는 행주를 내 손에서 빼앗아갔다.

"봐라. 이렇게 손에 힘을 주고, 돌릴 수 있는 만큼 돌려야지."

사모님은 행주를 양 손에 꽉 쥐고 거의 한 바퀴 반 정도를 돌려 짰다. 촘촘한 꽈배기 모양으로 꼬인 행주에선 어디 그만한 물이 숨어있었나 싶게 엄청난 물이 쭉쭉 흘러내렸다. 개수대 스테인리스 바닥에 물이 투둑투둑 떨어지는 소리가 아득하게 들려왔다.

"더 이상 물이 안 나올 때까지 짜야 되지 않겠니."

사모님은 만족스러운 표정으로 꽉꽉 짠 행주를 건네주셨고, 나는 멍해진 채 건네받았다. 사모님이 짠 행주는 내가 짠 행주와는 촉감부터 달랐다. 뒤에 지켜보던 사장님은 낄낄거리며 말했다.

"스무 살이 넘어서야 드디어 행주 짜는 법을 배웠구나. 축하한다."

"감사합니다… 엄마가 좋아하시겠네요."

그 행주를 들고 테이블을 닦고 나서야 나는 새로운 사실을 깨달았다. 행주질을 하고 나면 물기가 당연히 남는 것이 아니었다. 테이블을 닦기만 하면 달팽이가 지나간 흔적을 남기듯 늘 물기를 남겼던 나의 행주질이 아련하게 떠올랐다.

그 뒤로 나는 행주만은 제대로 꽉꽉 짜게 되었지만, 그 행주 사건은 이상하게 잊혀지지 않았다. 별것 아닐 수 있는 이 기억이 이렇게 선명한 이유는 뭘까?

아마 나의 '게으름 패턴'을 처음으로 자각할 수 있었기 때문이 아닐까 생각한다. 각종 집안일부터 공부, 문서 처리에 이르기까지 늘 행주를 설겅설겅 짜는 것처럼 일했다. 그러니까 좀 더 풀어 말하자면 이렇다.

- ☑ 일단 행주를 짜려는 시늉은 한다. = 일이 주어지면 안 하진 않는다.
- ☑ 하지만 자기도 모르게 최소한의 에너지만 써서 일을 끝내려 한다.
- ☑ 그렇지만 사실 제대로 끝낼 때와 대충 끝냈을 때 시간/에너지 차이는 얼마 나지 않는다.
- ☑ 그럼에도 불구하고 비효율적인 일처리 방식을 반복한다.

예를 들어, 엄마가 설거지를 시키면 안하려 하진 않는다. 대놓고 안 하면 푹푹 내쉬는 엄마의 한숨소리가 들려와 미안함이 커지기 때문이다. 그러니 설거지를 하기는 하지만 미룰 수 있을 때까지 미루다 설겅설겅 닦는다. 일단 다 치웠다는 데에 의의를 둔다.

초등학교 때 영어 학습지를 할 때도, 답지가 있으면 답지를 베끼며, 답지가 없으면 문제의 해당하는 부분만 풀어 공부를 한 시늉을 했다. 중고등학교와 대학에 다닐 때도 마찬가지였다. 수업시간에 자리에 앉아있기야 했지만, 수업에 집중하는 대신 칠판을 보며 공상을 했다.

그렇게 긴 세월에 걸쳐 행주를 대충 짜듯이 모든

일을 처리한 결과, 내 안에 쌓이는 결과물들은 점점 보잘것없어졌다. 그걸 자각하고 있으면서도 같은 패턴을 반복하다 보니, 일을 제대로 한다는 게 뭔지조차 점점 잊어버리는 것 같았다. 언젠가는 뭔가를 집중해서 제대로 해내는 날이 올까?

**다시, 그로부터 2년 후**

나의 대학생활은 겉으로 봤을 때는 별 문제 없었다. 하지만 나는 몇 년 전 행주를 대충 짜던 것처럼 시늉만 하고 있었다. 수업을 들으러 가긴 했지만, 책상 밑에 스마트폰을 몰래 숨겨서 웹서핑을 하거나 그게 안 되면 멍하게 칠판을 보며 공상을 했다.

시험이 끝나면 전공 지식들은 바로 잊었고, 교양 리포트 몇 편을 써도 내 속에 쌓이는 교양들은 거의 없었다. 또한 정말 중요하지만 당장 큰 문제가 생기지는 않을 진로 준비는 미루고 또 미루기만 했다. 그래도 학교라는 고정 일과가 있었기에 생활 패턴이 완전히 꼬이지는 않았고, 어쨌든 낮에 수업을 듣고 친구를 만나긴 했고, 성적도 그럭저럭 나와 주었기에 삶이 제대로 굴러가고 있다고 생각했다.

나는 아무 문제도 없어. 어떻게든 될 거야. 언젠가는 바뀌겠지. 그러다 졸업을 하게 된 후, 마침내 시작되었다.

고정 일과 없이 하루를 온전히 나의 힘으로 운용해야 하는 날들이.

더는 나의 게으름을 외면하며 도망칠 수 없는 날들이.

# 오늘 내가
# 게으른 이유

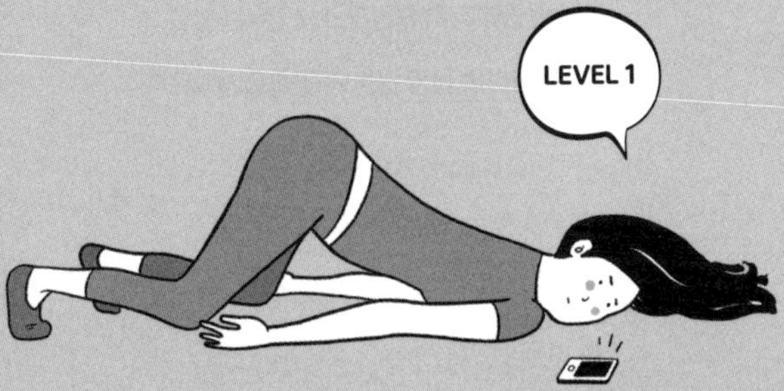

모든 일을 작용할 때에

즉시 실행이 되지 않는다고 낙망하지 말고

정성을 계속하여 끊임 없는 공을 쌓을 것이니라.

원불교 대종경 수행품 2장

/

## 의지력에 대한 오해

/

지금부터 이 책에서는 '본인이 해야 할 일을 해나갈 수 있도록 하는 힘'을 의지력이라고 두루뭉술하게 말하려고 합니다. 각종 불필요한 충동을 절제하는 힘, 하기 싫어도 앞에 놓인 일을 시작하는 힘, 스스로 세운 규칙을 지키는 힘 등을 포함한 총체적인 능력이라고 생각해주세요.

저는 꽤 오랜 세월 의지력에 대해 단단히 착각하고 있었습니다. 아마 고등학교 때부터였던 것 같네요. 그 시절 저는 공부하기 싫을 때마다, 각종 고시 후기와 공부 자극 글귀 등을 읽으며 결의를 다졌습니다(물론 행동으로 이어지진 않았지요). 거기에는 사람이 할 수 있는 극한의 노력과, 수많은 인간 승리 사례들이 많이 담겨 있었습니다. 공부를 안 하던 주변 지인이 어떤 계기로 자극을 받은 뒤 한 달 동안 샤프심을 열 통을 썼고, 펜을 너무 오래 쥐고 있어서 손이 잘 안 움직였고, 잠을 깨려고 이런 행동까지 했고, 하는 내용들 말입니다.

고시 합격 수기를 읽다보면, 나도 수기 속 주인공처럼 단단히 마음을 먹거나 스스로를 각성시킬 어떤 계기가 생기면, 당장 오늘부터 다른 사람이 되어 하루에 8~12시간씩 공부할 수 있으며, 시험 날까지 공부 양을 꾸준히 늘려 나갈 수 있을 것 같았습니다.

그렇게 자극을 받은 뒤면, 나도 당장 내일부터 후기에 나오는 수험생들처럼 열심히 살아야지 다짐하며 벅찬 계획을 세웠습니다. 하지만 모두가 예상하시다시피 계획은 잘 이뤄지지 않았습니다. 그럴 때마다 저는 내 의지력이 부족한 걸까, 내가 덜 절실한 걸까, 마음을 더 단단히 먹어야 할까 자책하며 속상해했죠. 가끔은 '너는 말이다. 한번쯤 그 긴 혀를 뽑힐 날이 있을 것이다.' 로 시작되는 통렬한 글귀를 읽으며 스스로를 혼내기도 했고요.

당장 의지력을 끌어낼 수 없다면, 그냥 내가 절실하지 않을 뿐이라고 자책했습니다. 나를 움직이게 할 동기만 내 안에서 찾으면, 혹은 외부적으로 어떤 계기가 찾아온다면, 버튼을 누르자마자 컴퓨터가 켜지듯 의지력이 단숨에 샘솟고 한순간에 나를 바꿀 수 있을 것 같았습니다.

/

## 무리한 계획은
## 아무것도 못 바꾼다

/

그렇게 내일부터 달라지겠다는 각오로 야심찬 계획을 세우고 실행하기를 반복했지만, 모두가 예상하셨다시피 겨우 하루 이틀하고 나가떨어지기 일쑤였죠. 그 예시들은 다음과 같았습니다.

오늘부터 하루에 인터넷 강의를 6개씩 듣자고 결심했습니다. 그렇게 집중이 안 되는 채로 6강을 억지로 몰아듣다가 강의 자체에 하루만에 질렸습니다. 다음날부터는 인강 생각만 해도 부담스러워 노트북을 펼치지도 못했습니다.

바른 생활 패턴으로 살겠다고 다짐하며 평소와 달리 일찍 잠자리에 누웠지만 잠이 잘 오지 않았고,

결국 말똥말똥한 눈으로 밤을 보내다 새벽 5시에 잠들었습니다. 마음먹은 대로 되지 않자 바로 좌절하고 다시 불규칙한 생활 패턴으로 돌아갔습니다.

매 수업 시간 전에 예습을 하기로 했지만, 막상 책을 펼치기가 너무 귀찮았습니다. 불편한 마음으로 한참을 미루며 에너지를 낭비하다 겨우 시작했기에, 집중이 힘들고 도움도 안 되는 것 같아 어영부영 그만두게 되었습니다.

저는 어떻게 해야 스스로를 자극시킬 동기를 찾을 수 있을지, 의지력을 단단히 다질 수 있을지 고민하다가, 결국 남들은 다 되는 게 나만 안 되는 것 같아 자괴감을 느끼며 원래의 게으른 생활로 돌아갔습니다. 당장 의지력을 키우기 위해 덧없는 시도를 반복하며 시행착오를 겪으며 깨달은 것은, 의지력은 그런 것이 아니라는 것이었습니다!

물론 순식간에 의지력을 끌어내고, 단기간에 바뀔 수 있는 경우도 극소수 있긴 합니다. 첫 번째는 외부 요인이 급작스럽게 바뀌는 것입니다. 지금 당장 돈을 벌어야만 끼니를 해결할 수 있는 상황이라면, 게을러지려야 게을러질 수 없겠죠. 두 번째는 구성원을 강제로 제어하는 환경에 속하는 경우입니다. 각종 기숙학원, 군대, 회사 등이 있지만 외부 요인은 우리가 통제할 수 있는 부분이 아니고, 시험을 준비하지 않는 이상 기숙학원 같은 환경에 일부러 찾아가긴 좀 애매하죠.

이 책은 위와 같이 단기간에 자신을 변화시킬 수 있는 강력한 외부 요인도 없고, 그렇다고 주변에서 나를 관리하거나 잡아줄 사람도 없는, 오로지 혼자서 스스로를 바꿔나가고 가꿔야만 하는 사람들을 위한 책입니다.

/

# 계획, 실행, 포기가 왜 반복될까

/

제가 생각하는 의지력은 사고력·운동능력·지구력처럼, 그리고 근육을 만들고 악기를 배우는 과정처럼 천천히 그리고 꾸준히 키워나가는 종류의 힘입니다. 우리가 수십 년 동안 학교와 미디어를 통해 지식을 습득하며 지금의 사고력을 얻게 되었듯이, 마라토너가 뛰고 또 뛰어서 마침내 42.195km를 완주할 수 있게 되었듯이, 보디빌더들이 처음엔 2kg 아령부터 시작해서 마침내 무거운 역기를 들고 벤치프레스를 할 수 있게 되었듯이, 의지력 또한 그렇게 쉬운 일부터 반복해 실행하며 시간을 두고 천천히 키워나가는 힘이라고 생각합니다.

그럼에도 불구하고, 적지 않은 사람들이 의지력을 버튼만 누르면 바로 최대의 힘으로 가동시킬 수 있는 게임 필살기처럼 생각하는 듯 보입니다. 과거의 저 또한 그랬고요. 단적인 예로 저는 시험을 준비하는 여러 커뮤니티에서 다음과 같은 글들을 많이 볼 수 있었습니다.

> "오늘까지만 놀고 내일부터 100일의 전사 간다!"
> "그동안 공부해 본 경험은 없지만, 그래도 수험생활 내내 하루 순공 10시간 찍으면 합격할 수 있겠지?"

저는 위와 같은 글들이 하루 오천 보 걷기도 힘들어하는 사람이 "내일부터 하루에 10km씩 뛰어야지"라고 말하는 것, 중학교 때 수학을 포기한 사람이 "내일부터 선형대수학 문제를 풀 거야"라고 말하는 것과 크게 달라 보이지 않습니다.

이런 비유가 지나치게 들리시나요? 사실 사고력, 운동능력은 의지력과 성질이 다르긴 하죠. 그 능력들은 어느 정도 수치로 측정할 수 있고, 가시적인 비교가 가능한 능력이기 때문일 겁니다. 그렇다면 사고력, 운동능력과는 결이 조금 다른 '성격'에 비유해 설명해보겠습니다.

엄청나게 낯을 가리고 사람을 만나는 동안 계속 정신적 체력이 떨어지는 사람이 "내일부터 당장 파티퀸이 될 거야"라고 말한다면 어떻게 들릴까요? 굉장히 부자연스럽게 들리지 않나요?

성격은 타고난 기질, 수십 년간 쌓여온 타인과의 상호작용, 경험, 기억들이 총체적으로 합쳐져 만들어진 단단한 결과물입니다. 일시적으로 어떤 성격을 '연기'할 순 있지만, 그것은 오래 가지도 못할뿐더러 자신의 것이 아닙니다.

만약에 제가 외향적인 성격으로 변하길 원한다면, 당장 마음가짐을 바꿔서 내일 바로 외향적인 사람이 되기를 원하진 않을 것입니다. 대신 여러 모임을 나가 다양한 사람들과 어울려보고, 이런저런 말과 행동을 하며 시행착오를 거치겠죠. 외향적인 사람들의 특징을 벤치마킹하며, 필요하면 주변 사람들에게 피드백도 받아가며 천천히 그리고 꾸준히 다방면으로 노력할 것입니다.

같은 관점을 의지력에도 적용해 주시면 좋겠습

니다. 의지력은 몇 십 년간 반복해온 생활 패턴, 주변 환경, 가지고 태어난 기질, 삶에서 겪었던 수많은 성공과 실패의 경험, 그로 인해 발생한 결과와 감정, 삶을 대하는 개인의 태도, 개인의 에너지 수준 등의 다양한 요소가 결합되어 만들어진 결과물이라고 생각합니다. 그런 복합적이고 단단한 결과물을 마음가짐 하나로 단번에 바꾸겠다는 결심은 굉장히 비합리적으로 들리지 않나요?

## 변화는 내 의지력 수준을 자각하는 것에서부터

의지력이 마음만 먹으면 바로 끌어낼 수 있는 능력이라고 생각한다면, 우리는 부지런하고 성실한 주변 사람들과 비교하며 힘들어질 수밖에 없습니다. 지금 당장 의지력이 부족한 것은 오로지 절실하지 않은 내 탓이 되는 것이니까요.

하지만 의지력이 꾸준히 키워나가는 체력, 당연히 처음엔 잘 못할 수밖에 없는 기술이라고 생각한다면 자기 비하를 멈추고 문제 해결을 위해 좀 더 실용적으로 생각할 수 있겠지요. 저는 지금까지와는 다른 방식으로 게으름을 고쳐보자고 다짐한 뒤, 다음 문장을 반복적으로 되새겼습니다.

☑ 나의 의지력과 자제력은 유치원생 수준이다.

이 문장을 마음 속 깊이 받아들이고 나니 그동안 제가 왜 그렇게 의지박약이었는지, 앞으로 이 의지박약을 해결하려면 어떻게 해야 할지 좀 더 명확해졌습니다.

주변의 부지런한 친구들, 직장 동료들을 보며 '나는 왜 저렇지 못할까? 진짜 한심하다' 하고 좌절한 적이 있으신가요? 저는 있습니다. 그것도 아주 많습니다. 겉보기로는 그 친구나 저나 비슷한 능력을 지닌 성인이기 때문에, 똑같은 정규 교육 과정을 거치며 비슷한 환경에서 자라왔기 때문에 친구가 할 수 있는 것은 당연히 저도 할 수 있어야 정상일 것 같았어요. 그렇지 않으니 속상한 마음이 들었고요.

하지만 내면까지 들어가 보면, 그리고 지나온 세월들을 자세히 들여다보면 둘의 의지력은 천양지차일 수밖에 없습니다. 열심히 살아온 사람들은 수십 년 동안 다음과 같은 삶을 살아왔습니다.

☑ 자신이 해야 할 일을 위해 당장의 충동을 참고 절제하는 법

을 훈련했습니다.

- ☑ 힘든 일을 마친 뒤 찾아오는 성취감을 여러 번 가졌기에 내적 동기가 충분합니다.
- ☑ 규칙적인 생활 패턴을 꾸준히 유지해왔습니다.

즉 오랜 기간 성공과 실패를 반복하며 스스로를 단단히 트레이닝했고, 자신의 한계와 의지력을 무의식적으로 잘 알고 있는 상태입니다.

반면 게으른 저는 어떻게 살아왔을까요? 당장 하고 싶은 걸 하느라 할 일을 미루기만 했습니다. 또한 대부분의 일을 미룰 때까지 미루다가 마감일에 꾸역꾸역 몰아서 했기에 '일'이라고 하면 싫다는 생각만 들었습니다. 힘든 일은 대충 때우는 식으로 처리했기에, 어떤 업무를 끝낸 데에 대한 성취감도 없고 일의 재미도 느끼지 못했고요.

그런 제가 지금 당장 주변의 성실한 동료들과 똑같이 행동하고, 똑같이 부지런히 살기를 바라는 것은 도둑놈 심보겠죠! 다른 이들이 몇 십 년간 차근차근 훈련하며 쌓은 성실성을 한 번에 얻으려는 것이니까요. 마치 헬스트레이너가 120kg짜리 벤치프

레스를 하는 걸 보고 유치원생이 지금 당장 똑같이 하겠다는 것과 같습니다.

그래도 희망적인 것은 의지력과 자제력은 얼마든지 트레이닝할 수 있으며, 우리의 유치원생 의지력이 보통 성인의 의지력이 되기까지 시간이 대단히 오래 걸리지는 않는다는 것입니다. 실제 우리의 사고력과 인지능력은 유치원생 수준이 아니며, 그동안 이런저런 시행착오를 거쳤고 이론적으로 알고 있는 내용도 많기 때문이죠.

그렇다 해도 지금 당장, 혹은 몇 주 만에 눈에 확 띄는 변화가 일어나지는 않을 거예요. 혹시 일어난

다 해도 오래 지속되긴 더 어려울 것입니다. 게으르게 살아온 그 동안의 시간들을 만회하기 위해서는 시간이 걸릴 수밖에 없음을 받아들이고 우리 모두 천천히 노력해보면 좋겠어요.

다음 장부터는 '유치원생'을 다루는 마음으로, 우리의 유치원생 의지력이 차차 성장해 나가기 위해 어떻게 해야 할지 이야기해보겠습니다.

# 깨어난 후부터 잠들기 전까지, 생활 패턴 바꾸기

혼란하고 무질서한 상태에서 하루를 시작하면
온종일 자신의 할일이 무엇인지도 모른 채
허둥대며 여러 가지 일을 동시에 처리하게 된다.

가오위안, <하루 한 장 리스트의 힘>

/

# 겉으로만 멀쩡해 보였던 지이의 삶

/

오랜 기간 게으르고 무기력하게 지내왔을 경우, 삶의 여러 부분이 동시에 어긋나 있을 확률이 높습니다. 새벽에 잠들어 낮에 일어나고, 전반적인 에너지가 부족해 쉽게 피로를 느끼고, 방은 늘 어수선하고, 어떤 일에 대해서도 동기부여가 안 생기는 등 총체적 난국이죠. 그 중 제일 먼저 고쳐 나가길 추천하는 부분은 생활 패턴입니다. 언제 자고 언제 일어나는지, 얼마나 깊은 수면을 취하는지가 하루의 전반적인 에너지 수준에 큰 영향을 미치기 때문입니다.

과거의 저는 생활 패턴이 전체적으로 심하게 틀어져 있었습니다. 고등학생 때는 새벽까지 컴퓨터를 하다가 학교에 가서 수업시간 내내 잤습니다. 대학생 때도 컴퓨터가 스마트폰으로 바뀌었을 뿐이지 생활 패턴은 같았습니다. 강의 시간에 잠을 자지는 않았지만 오후 수업을 자체 휴강한 적도 많았고, 공강 시간이면 헐레벌떡 휴게실로 달려가 낮잠을 잤습니다. 지각은 밥 먹듯이 해서 별로 얘기할 필요도 없네요.

잠드는 시간은 기본적으로 새벽 2시 이후였고, 가끔은 별 중요한 이유 없이 밤을 새우기도 했습니다. 중학교 이후로 밤 11시 전에 잠든 적은 스무 번에 한 번 꼴이었던 것 같아요.

얕은 잠을 자다 학교에 가기 위해 준비를 해야 할 마지노선에야 간신히 깨어나니 하루의 컨디션이 좋을 리가 없고, 안 그래도 별로 없는 에너지는 더더욱 떨어졌습니다. 대학 졸업 전까지의 저는 매일 피곤함과 졸음을 느꼈고 무기력했습니다. 무언가에 집중하기도 어려웠습니다. 딱히 진행하고 있는 중요한 프로젝트도 없었으면서 말이죠.

그래도 일단 매일 학교에 가기는 했으니 겉으로 보기에는 하루를 멀쩡히 지내는 듯 보였습니다. 수

면의 질이 어찌 되던 간에 대충 12시 전에는 일어나 낮에 돌아다니며 남들과 어울리긴 했으니까요. 그래서 저는 제 생활 패턴의 심각성을 직시하지 못했습니다. 불규칙한 수면이 늘 안 좋았던 기분에 영향을 미칠 것이라는 생각도 하지 못했지요.

하지만 졸업 후 스스로 24시간을 운용하게 되니 엉망진창으로 흘러가는 하루가 고스란히 맨살을 드러냈습니다. 이는 하루의 어떤 부분에서 왜 문제가 생기는지, 그리고 어떤 결과를 불러오는지 제 하루를 직시하고 분석해 볼 수 있는 계기가 되었습니다.

제 경험상, 하루 중에는 생활 패턴을 크게 망치는 네 가지 구간이 있습니다. 이를 반대로 말하자면, 그 네 구간만 잘 관리하면 그럭저럭 괜찮은 하루를 살 수 있다는 겁니다.

우리는 처음부터 24시간을 생산적으로 살려고 하면 안 됩니다. 24시간 전체를 잘 운용하기 위해 매 순간을 신경 쓰는 일은 아직 벅찹니다. 아래의 네 가지 구간만 신경 써서 관리해주는 걸 1차 목표로 삼으면 됩니다. 나머지 시간대들은 그럭저럭 잘 흘러가게 됩니다.

네 가지 구간에서 어떤 식으로 생활 패턴이 망가지는지 알아보고, 그에 대해 제 나름대로 솔루션을 제시하도록 하겠습니다.

/

# 일어난 직후가
# 하루의 기분을 좌우한다

/

**1구간 : 아침**

하루의 시작은 무지막지하게 정말 중요합니다. 이 시간을 어떻게 보내느냐에 따라 하루가 얼마나 활기차질지가 달라집니다.

이 구간에서 가장 주의해야 할 것은 스마트폰입니다.

일어난 직후, 여러분의 머리맡에 스마트폰이 있다면 알람을 바로 끄고 다시 자게 될 확률이 굉장히 높습니다. 어떻게 간신히 일어났다고 해도 반쯤 뜬 눈으로 쓸모없는 뉴스나 문자 등을 확인하며 어영부영 10분 이상을 보내게 됩니다. 결국 흐리고 무딘 의식으로 하루를 시작하거나, 촉박하게 출근 준비

를 하게 됩니다. 여기서부터 뭔가 일이 꼬이거나 하루의 밀도가 급격히 낮아지죠.

이에 대한 솔루션은 다음과 같습니다.

- ☑ 알람시계를 활용한다.
- ☑ 스마트폰을 멀리 두고 잔다.
- ☑ 기상 시간 전까지 스마트폰을 잠가둔다.

위의 세 가지는 권장 사항이 아니라 필수사항입니다. 스마트폰을 한순간도 몸에서 뗄 수 없는 직업이 아닌 이상 꼭 지켜주세요. 스마트폰 잠금 앱과 도구 등은 6장에서 소개하겠습니다.

### ☑ 일어난 직후엔 생산적인 일을 한다.

미 해군 대장 윌리엄 맥레이븐William McRaven의 '이불부터 개라'는 유명한 연설을 들어보신 적이 있나요?

저는 이 연설에 감명을 받아 매일 아침 첫 일과로 이불 개기를 시작했습니다. 그리고 그 효과는 대단했습니다. 반듯하게 잘 접힌 이불을 보며 뭔가 했다는 기분으로 시작하는 하루와, 몸만 겨우 빠져나온 채 번데기 같은 이불을 뒤로 남겨두고 허둥지둥 시작하는 하루는 천양지차였습니다. 일단 아침을 시작하는 기분과 자신감부터가 달라지고, 이불 개기라는 작은 행위가 또 다른 일들을 수행할 수 있게 하는 첫 번째 도미노가 되어줬습니다.

마찬가지로, 이불 개기처럼 뭔가 생산적인 일로 하루를 시작해봅시다. 여기에 해당되는 일과는 '하기 귀찮다'는 생각이 들지 않을 정도로 쉽고, '뭔가 긍정적'이어야 합니다. 아무리 유익한 일이어도 우리는 귀찮으면 하루 하다 말기 때문입니다. 개인적으로 추천할만한 일과는 아래와 같습니다. 이 중에서 한 개만 해도 좋고, 시간이 된다면 여러 개 해도 좋습니다.

- 테이프 클리너로 바닥+침구 청소
- 책상 위 정리
- 오늘 계획 확인
- 환기시키기+바깥 공기 쐬기
- 스트레칭/맨손체조
- 짧은 명상
- 차/커피 마시기

생산적인 일로 하루를 시작하면 기분이 좋거든요. 아무리 작아도 뭔가 생산적인 일을 하고 나면, 오늘 하루를 각 잡아서 잘 살아 봐야겠다는 동기가 치솟아 오릅니다.

✅ 암막커튼 대신 안대를 끼고 잔다.

✅ 일어나자마자 불을 켠다.

암막커튼은 잠이 잘 오게 해주지만 반대로 아침

에도 잠이 잘 안 깨게 한다는 치명적인 단점이 있습니다. 암막커튼은 창문까지 가서 커튼을 걷는 행위를 해야 잠이 깨는 반면, 안대는 누운 자리에서 벗기만 해도 빛이 눈으로 들어와 잠이 깹니다. 방의 창문이 작을 경우 주변에 조명을 두고 손만 뻗어 켤 수 있게 하는 것도 좋습니다.

### ☑ 옷부터 갈아입는다.

흐물흐물하고 헐렁한 옷은 정신도 흐물흐물 헐렁하게 만듭니다. 잠옷은 말 그대로 잠을 자고 편안히 휴식하는 데 최적화된 옷입니다. 기상 직후 잠옷을 입은 채 멍하니 앉아있으면 다시 잠이 오는 것은 너무도 당연한 일입니다.

일단 침대 밖으로 발을 디디는데 성공했다면 당장 옷부터 갈아입는 걸 추천합니다. 캐주얼을 즐겨 입는 분들은 바로 외출복으로 갈아입어도 되고요, 정장처럼 구김과 오염에 예민한 외출복을 입는 분들은 편안한 청바지 등으로 갈아입으세요. '이 옷 입고 5분 거리 편의점은 갈 수 있겠다.' 정도의 옷이면 됩니다.

몸을 움직여 옷을 갈아입는 행위를 하면서 서서히 잠이 깨고, 텐션을 주는 옷을 입은 상태에서 또 한 번 정신 상태가 바뀝니다. 제복을 입고 있을 때와 수면바지를 입고 있을 때 우리의 정신 상태는 달라질 수밖에 없죠. 이렇게 일어나자마자 옷을 갈아입는 것은 두 가지 측면에서 유익합니다.

첫 번째로, 다시 잠드는 것을 방지해줍니다. 일단 옷을 갈아입고 나면 다시 눕기가 왠지 민망해집니다. 또 어떻게 누웠다 해도 옷이 불편해서 잠들기가 애매합니다. 결국 다시 자려면 잠옷으로 또 갈아입어야 되는데, 귀찮기도 하고 이왕 갈아입고 잠 깬 김에 활동을 할 마음이 생깁니다.

두 번째로, 외출 준비에 지체되는 시간을 줄여줍니다. 기상 후 시간이 지날수록 '학교 가기 귀찮다' '준비하기 귀찮다'는 생각이 머리에 서서히 차오릅니다. 그래서 준비 과정에서 한두 군데 늘어지는 부분이 생기죠. 결국 급하게 뛰쳐나가 지각하거나 중요한 물건을 깜빡하고 나가게 됩니다. 반면 "~하기 싫다"는 생각이 아직 들지 않은 기상 직후에 옷을 갈아입어 두면, 준비할 엄두를 내기가 훨씬 쉬워집니다. 갈아입지 않으면 일단 편안한 옷에서 몸을 빼는 게 너무 싫거든요. 반면 시작이 절반이라고 일단 옷을 갈아입어 두면 다른 외출 준비는 상대적으로 수월하게 진행됩니다.

/

# 백수라면
# 낮잠은 2시까지만

/

**2구간 : 낮**

프리랜서나 취준생, 주부 분들은 계속 집에 있다 보면 '졸린데 좀만 자고 할까?' 하는 유혹이 들 겁니다. 물론 너무 피곤하면 잠깐 자고 다시 무엇인가를 하는 게 효율이 높을 수도 있습니다.

그러니 마지노선을 딱 정해드리겠습니다. 낮 2시 이전에 일어날 수 있으면 자도 되고, 그렇지 않다면 무슨 수를 써서라도 일어나 있다가 저녁에 자는 것을 권합니다. 그 이후에 낮잠에서 깨어나게 된다면 우리는 최소 새벽 2시가 넘어서야 다시 잠들게 될 것이며, 그 시간대가 얼마나 비효율적인 시간대인지는 다들 잘 알고 있으리라 생각합니다.

본인이 알람 듣고 딱 일어나는 유형인지, 피곤하다며 어영부영 알람 끄고 잘 때까지 자는 유형인지는 그간의 경험을 통해 잘 알고 있을 것입니다. 후자에 해당되면 낮잠을 자는 대신 다음 방법을 써보길 권합니다.

### ⊘ 낮잠을 피하는 2가지 방법

바깥에서 할 수 있는 일(문화 강좌, 운동, 학원, 스터디, 아르바이트 등)에 참여합니다. 참여할 만한 일이 없을 경우 카페나 도서관이라도 갑니다.

이게 안 될 경우 카페인을 적정량 섭취합니다(본인 체질 고려해 양 조절). 카페인도 안 먹고 집에 계속 있으면서 우리의 의지만으로 낮잠을 참는 것은 불가능합니다. 우리의 의지를 과신하지 마세요!

/

# 쉬는 모드로 들어가기 전에 할 일들

/

**3구간 : 저녁**

학교에서 강의를 듣고 나서 혹은 회사 일을 마치고 집에 들어왔을 때, 바깥에서 너무 힘들었으니 집에선 편하게 쉬고 싶죠. 그래서 대충 가방은 휙 던져두고 외출 복장 그대로 입은 채 스마트폰을 조금만 보다가 씻고 할 일 해야지 하고 자리에 누운 순간, 무슨 일이 일어나는지는 잘 알고 계시리라 생각합니다.

일단 '쉬는 모드'로 들어가면 씻고, 정리하고, 밥 먹으러 일어나기조차 너무 귀찮습니다. 그래서 마음속으론 '아, 옷 갈아입고 씻어야 하는데…' 혹은 '해야 할 일이 있는데…' 하면서도 몸은 절대 이불에서 헤어 나올 수 없습니다. 그래서 불편한 마음으로 헛되이 시간을 보내다 미룰 수 없을 때가 되어서야 미적미적 씻고 대충 옷을 던져둔 채 잠듭니다. 혹은 좀만 눈 감고 쉬었다 할 일 해야지 했다가 자정이 다 되어 깨기도 합니다. 최악의 경우엔 다음날 일어날 수도 있습니다.

이를 해결하려면 어떻게 해야 할까요?

### ☑ 쉬는 모드로 들어가기 전에 정리를 끝낸다.

일단 들어오자마자 눕는 대신 타이머를 15분만 설정해주세요. 그리고 타이머가 울릴 때까지 가방 비우기, 옷 갈아입기, 대충 씻기(간단한 집안일 포함) 등을 해주세요. 여기서 포인트는 타이머를 이용하는 겁니다! 타이머는 자신에게 명백한 시작신호를 주고, 끝나는 시간까지만 한다고 선을 정해주기 때문입니다. 자잘한 버튼이 많은 수험생용 타이머 말고 주방용 타이머를 추천합니다. 별로 큰 차이가 아닌 것 같지만 버튼이 크고 조작이 간단하다는 것만으로도 심리적인 장벽이 훨씬 낮아져요.

쉬어도 15분 정리타임을 마친 뒤 쉬기로 합시다. 사실 퇴근 직후 저 정도 일과들만 끝내놓아도 몸과 정신이 정돈되는 느낌이 듭니다. 그래서 다시 생산적인 마음으로 일할 수 있고, 최소한 쉬어도 마음 편히 쉴 수 있게 됩니다. 바깥에서 막 돌아온 모습 그대로 긴장한 채 어영부영 쉬거나 일하는 것과, 옷을 갈아입고 씻어서 집에 왔다는 신호를 주는 것은 마음가짐 자체가 다릅니다.

### ☑ 할 일이 남았다면 눕지 않는다.

중요하니 강조합니다! 자리에 누우면 절대 안 됩니다. 아무리 일하다 힘들어도 누우면 안 됩니다!

/

## 잠드는 시간대가 다음 날을 살린다

/

### 4구간 : 밤

불가피한 사유가 없는 한, 우리는 반드시 새벽 1시 전에 자야만 합니다. 왜냐하면 새벽 1~5시라는 시간대에는 주변이 온통 깜깜하기에 우리의 판단력과 이성이 흐려집니다.

쓸데없는 데 몰두하고 쓸데없는 것이 중요해지며, 당장 행동으로 옮길 수 없는 허황된 계획으로 시간을 보내게 됩니다. 밤은 길기 때문에 비생산적이고 무의미한 시간을 보내도 죄책감이 들지 않습니다. 총체적으로 시간의 밀도가 낮아지고 자신에게 부정적인 시간을 보낼 확률이 높습니다. 한마디로 비효율적이며, 부정적이고, 쓸모없는 생각과 행동의 97%는 이 시간대에 이루어집니다.

하지만 우리가 몇 시에 자게 될지는 1~3구간을 거치며 이미 60% 정도 정해졌습니다. 만약 낮 12시에 일어나고 저녁 6시까지 낮잠을 자버렸다면, 오늘 일찍 자는 것은 포기하고 내일 1~3구간부터 다시 시작하세요. 이후부터는 1~3구간을 제대로 보냈다는 전제하에 쓰겠습니다.

오늘 운이 좋아 일찍 일어나서 낮잠도 안 자고, 하루를 알차게 보냈다고 해도 아직 스마트폰과 컴퓨터 등의 위험 요인이 남아 있습니다. 이 요인들로 인해 다시 취침 시간이 뒤틀리고 생활 패턴이 망가질 가능성이 높습니다. 이를 방지하기 위한 방법은 다음과 같습니다.

- **오늘 세운 계획은 무조건 밤 12시 전까지 끝낸다. (불가피한 사유가 있는 경우 제외)**

간혹 오늘 계획을 못 끝냈다고 욕심내서 새벽까지 계속 하는 분들이 있는데 '오늘'이란 뜻은 자정, 밤 12시까지입니다. 다시 강조합니다. '오늘'은 밤

12시까지입니다! 이때까지 하지 못한 일은 과감하게 포기하고, 다음날 일어나서 새로운 기분으로 새로운 계획을 짜세요.

12시 넘어서까지 계속 뭔가를 하려는 것의 단점은 너무나도 많습니다. 밤 12시가 넘으면 일의 효율성이 급격히 낮아집니다. 하고 있는 일이 계속 뇌를 자극시키기 때문에 점점 잠에서 깨게 됩니다. 계획한 것을 하다가 스마트폰, 컴퓨터, TV, 오락, 야식 등에 빠져들 위험성도 상당히 높고요, 마지노선이 없다는 생각에 일을 계속 미루게 되기도 합니다. 전체적으로 득보다 실이 훨씬 많은 행위이니, 아쉬워도 자정이 되면 모든 걸 탁 놓아주세요.

- **자정 이후 스마트폰이나 컴퓨터 등을 사용하지 않는다.**
- **스마트폰은 아주 멀리 두고 잔다.**
- **잠들기 전에 잠가둔다.**

알람을 맞춘다는 핑계로 스마트폰을 머리맡에 둘 경우 어떤 일이 일어나는지 모두가 알고 계시리라 생각합니다.

진짜 10분만 보고 자야지 했지만, 새로 업데이트된 웹툰도 봐야 하고, 그러다 보면 웹툰 밑에 뜬 광고를 눌러서 충동 쇼핑도 하게 됩니다. 갑자기 생각난 뉴스도 검색하게 되고, 괜히 감성적이 되어 전 애인의 SNS도 들어가 보고… 그렇게 꼬리에 꼬리를 물며 최소 30분 이상 스마트폰을 보며 점점 잠이 깨게 됩니다. 스마트폰을 보는 시간 동안 밝은 빛과 정보들이 계속 우리를 자극시키기 때문에 뇌가 쉬지 못해서 자는 시간이 늦어지게 되는 것은 물론이죠. 스마트폰이 숙면을 방해하고 수면 패턴을 깬다는 연구 결과는 너무나도 많아서 굳이 인용할 필요도 없을 것 같습니다.

일단 스마트폰을 아주 멀리 두고 자거나 동거인에게 맡기시되, 본인의 의지가 그것만으로는 부족하다면 각종 차단 앱을 사용하길 추천합니다. 해당 앱과 도구들은 6장에서 소개하겠습니다. 저는 아예 자정부터 아침 8시까지는 자동으로 기기가 잠궈지도록 설정해두고, 가끔은 지정된 시간까지 못 여는 박스에 가둬두기도 합니다.

☑ 밤 9시 전에는 잠들지 않는다.

생활 방식을 바꾸겠다고 마음을 먹은 첫날의 일을 시뮬레이션해 보죠. 평소대로 늦게 잠자리에 들긴 했지만, 그나마 남아 있던 의지력을 모두 써서 간신히 일찍 일어났습니다. 역시 컨디션이 별로 좋지 않지만 커피를 들이붓든지 밖에서 버티든지 하면서 낮잠도 어떻게 겨우겨우 참아냈죠.

하지만 진짜 고비는 이제부터입니다. 안 그래도 밤에 별로 못 잔데다가 평소와 다르게 낮잠을 안 잤기에 저녁 7시부터 참을 수 없는 잠이 밀려오기 시작할 겁니다. 그럴 때 '아, 지금부터 푹 자고 내일 아침 일찍 일어나면 되지 않을까…' 하는 마음이 밀려오지만 절대 안 됩니다.

저녁 7~8시부터 자기 시작하면 밤 11시~1시 쯤의 시간대에 화장실에 가고 싶거나 목이 마르거나 배가 고프다거나 하는 이유로 애매하게 깰 가능성이 너무 큽니다. 그때 일어나면 새벽 5시 전에는 못 잔다고 생각하면 됩니다.

저녁 늦게 커피를 마시면 잠이 안 올 수 있으니

커피를 마시는 대신 친구와 약속을 잡고 집에 늦게 들어오는 것도 좋습니다. 친구를 만나기 어려우면 혼자 영화를 보거나 카페에서 시간을 보내시는 걸 추천합니다. 만약 동거인이 있다면 감시 및 깨워주기를 부탁하는 등의 방법을 사용하길 권합니다.

# 고정 일과를 만들어야 움직인다

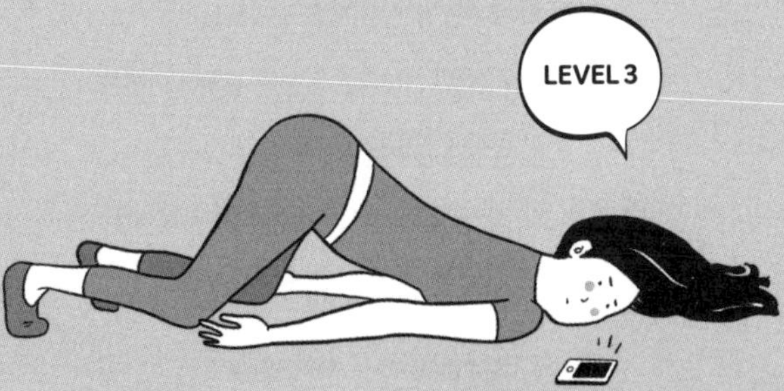

계획이 없으면 다음에 뭘 할지 끊임없이 결정해야 하고,
해야 하거나 할 수 있는 일을 생각하느라
주의가 산만해질 수 있다. 하지만 완전히 계획된 하루는
그 순간에 집중할 자유를 준다.
다음에 뭘 할지 생각하는 대신 그 일을 어떻게 할지에
집중할 수 있는 것이다.

제이크 냅·존 제라츠키, 〈메이크 타임〉

/

## 계획은 적어야 계획이다

/

생활 방식 다음으로 고쳐볼 부분은 계획 짜기입니다. 계획 짜기는 제가 상당히 시행착오를 많이 겪었던 부분입니다. 꽤 최근까지 저는 어리석게도 계획을 거의 적지 않았습니다. 대신 '오늘은 무슨 일을 몇 가지 해야지' 하고 머릿속으로만 생각하는 걸 계획이라고 믿었죠. 그래놓고 그 일을 못 해냈다면 계획을 못 이뤘다는 자괴감을 느끼며 헛된 시간을 보냈습니다.

계획은 적어야 계획이 됩니다. 적지 않고 머릿속에만 들어있다면 그것은 계획이 아니라 잡념입니다. 머릿속에만 들어있는 할 일은 내년에 스페인 여행이나 갈까? 라는 막연한 바람과 비슷한 수준의 잡념일 뿐입니다. 중요하니 한 번 더 반복하겠습니다. 계획은 적어야 계획이 됩니다.

계획을 적지 않으면, '뭐뭐 해야 하는데' 잡다한 생각이 자꾸 머릿속에서 돌아다닙니다. 업무를 수행하면서도 다음에 할 일이 뭐였지 생각하느라 불필요한 에너지를 쓰게 되어 효율이 낮아지지요. 일을 하고 있으면서도 계속 무언가를 더 해야 할 것 같은 느낌이 들고, 다른 할 일이 뭐가 있었는지 기억나지 않을 때도 있습니다. 또한 하고자 했던 일들의 성취도를 시각적으로 체크하기도 힘들어요. 우리 뇌는 한 번에 일정 개수 이상의 정보를 처리하기 어렵기에, 계획이 머릿속에만 담겨 있다면 손에 잡히는 대로 마구잡이로 일하게 되고 우선순위를 따지기도 어려워집니다.

반면, 계획을 적으면 뇌가 할 일을 종이에 아웃소싱하기 때문에 할 일을 관리하는 에너지를 절약할 수 있습니다. 무엇보다 계획을 짜고, 완수하고, 피드백하는 과정에서 스스로 자신의 문제점과 한계치를 파악할 수 있고요. 이 과정을 반복하다 보면, 할 일을 계획해 적고 실행해 나가는 소중한 감각을 몸에 배게 할 수 있습니다.

계획을 적고 나서 피드백하면, 이루면 이루는 대로 성취감이 들고 못하면 못하는 대로 개선점이 보입니다. 반면 할 일을 머릿속으로만 생각한다면 이룰 때의 성취감도 어길 때의 개선점도 흐릿하고 모호하기만 해요. 일단 스마트폰 앱이든 종이 수첩이든 무언가를 적어야 한다는 걸 명심하고 다음 단계로 넘어갑니다.

우리 게으르머들이 처음부터 계획을 안 적었던 것은 아닙니다. 오히려 우리는 그 누구보다도 많은 다이어리를 사고 다양한 계획표 작성을 시도해 보았습니다. 하지만 야심차게 각종 기능성 플래너를 샀다가 단 한 번도 일주일 이상 써본 적이 없는 분들이 많을 겁니다. 왜냐하면 우리를 위한 제품이 아니기 때문입니다. 10분 단위 기록표, 하루 24시간 계획표, 이런 기능성 칸들이 있는 것들은 부지런하고 계획적인 비즈니스 피플들이 쓰는 겁니다! 게으르머들에게 먼슬리, 위클리, 데일리(할 일 체크리스트) 이외의 기능은 사치일 가능성이 높습니다.

/

## 프로게으르머를 위한
## 계획 세우는 법

/

지금부터 지극히 주관적인 게으름뱅이 계획 짜기의 팁을 몇 개 적어보겠습니다. 본인에게 맞는 계획 작성법을 찾으신 분들은 이 부분을 건너뛰셔도 상관없습니다.

### ✓ 오늘 할 일 페이지를 찾는 데 3초 이상 걸리면 안 된다

가장 중요한 부분입니다. 오늘 할 일 페이지는 자주 펼쳐봐야 합니다. 계획 짜는 시점에 한 번 봐야 하고, 장소를 이동할 때, 남은 일이 뭐가 있는지 확인할 때, 할 일을 수행하고 체크 표시를 할 때 계속 펼쳐 봐야 합니다.

그런데 그 페이지를 찾는 시간이 오래 걸리면 점점 귀찮아집니다. 귀찮음은 모두가 아시다시피 우리의 가장 큰 적이죠. 어느 시점부터 작성을 차일피일 미루게 되고, 결국 플래너는 1주일 치만 작성된 채 공책으로 남고 맙니다.

스마트폰 혹은 컴퓨터를 이용한 플래너도 마찬가지입니다. 플래너 앱에 접근하는데 앱 서랍 들어가고 폴더 찾고 이러고 있으면 안 됩니다. 바탕화면에 위젯으로 깔고 바로바로 열 수 있도록 조정해주세요.

☑ 들고 다니기 귀찮으면 안 된다.

제가 게으르머들에게 작고 가벼운 플래너를 권하는 이유는 크게 두 가지입니다. 첫 번째는 물리적인 부분입니다. 계획하는 습관을 들이기 위해선 할 일을 적고 → 수행하고 → 체크하는 패턴이 반복되어야 합니다. 그런데 플래너의 사이즈가 크거나 무거워 밖에 들고 다니기 번거로우면, 바깥에서 일을 수행한 다음 '아, 이따 집에 가서 체크해야지'라고 생각하고 절대 집에 가서 안합니다. 하나둘 체크하는 게 밀리기 시작하면 어떻게 되는지는 잘 알고 계시리라 생각합니다.

두 번째는 심리적인 부분입니다. 무겁고 큰 플래너는 우리의 심약한 마음에 심리적으로 부담이 됩니다. 과거의 저를 예시로 들자면, 그런 플래너들을 구입할 당시에는 왠지 열심히 사는 사람이 된 것 같아 기분이 잠깐 좋아집니다. 하지만 그것도 잠시, 막상 계획을 짜려고 플래너를 앞에 두면 거대한 표지와 두툼한 두께만 봐도 뭔가 마음이 무겁습니다. 겨우 용기를 내 페이지를 펼쳤다 해도 빈 공간을 알차게 채워 써야 할 것 같은 부담감이 듭니다. 그러다보니 점점 플래너가 눈과 마음에서 멀어지고, 또 다시 계획 짜기에 실패하고 맙니다.

또한 게으르머들은 아직 습관이 안 들었기 때문에 너무나 당연히 계획 짜기를 몇 번 빼먹거나 밀릴 수밖에 없는데, 그런 플래너들은 이전 날짜의 칸들이 빈칸으로 남은 걸 보면 마음이 상당히 불편합니다. 반면 가볍고 유동적인 플래너를 이용하면 계획 짜기를 실패하거나 밀리거나 하는 것에 대한 부담이 줄어들죠.

이 항목은 제가 게으르머들에게 1년짜리 두꺼운 플래너를 추천하지 않는 이유이기도 합니다. 3개월 혹은 한 달짜리 플래너는 사정이 좀 낫습니다. 플래너를 사야겠다고 생각하시는 분들은 비싸더라도 단기간용 플래너를 추천합니다. 한 달 플래너를 성실히 작성한 걸 확인한 뒤에 더 긴 기간의 플래너로 넘어가도 늦지 않을 것 같아요.

**☑ 불필요한 칸 및 분류가 없어야 한다.**

유치원생에게는 먼슬리(+위클리/데일리)와 오늘 할 일 목록이면 족합니다. 그 외의 기능은 오히려 짐만 되는 것 같더라구요. 10분 단위로 내가 뭐 했는지 체크해야 되고, 24시간의 계획을 짜야 하면 귀찮고 부담스러워서 안 하게 됩니다. 그런 기능성 칸들을 안 쓴다 해도, 빈칸으로 남겨두기 마음이 찜찜하니 계획 짜는 데 방해가 되구요.

그런 유형의 플래너는 최소 중급 단계의 자기관

리 능력을 가진 사람이 쓰는 것입니다. 자신의 생활 패턴, 업무 시작 전까지 지체되는 시간, 각 업무에 소요되는 평균적 시간 등을 파악하고 있을 정도로, 생활의 체계가 잡혀있고 자기 자신을 잘 알고 있는 사람 말이죠.

또한 오늘 할 일을 적을 때에도 할 일 카테고리가 자잘하게 너무 많으면 안 됩니다. 정리를 못 하는 사람은 서랍이 너무 많아도 정리를 못 하고, 서랍이 너무 적어도 정리를 못 합니다. 본인의 라이프스타일에 따라 최대 3가지의 카테고리 정도만 이용하시길 권장합니다. 카테고리의 예시는 다음과 같습니다.

- 공부 : 인강 수강, 문제집 풀기, 과제 작성 등
- 직장 업무 : 메일 보내기, 보고서 작성 등
- 자잘한 잡무 : 집안일, 쇼핑리스트 등
- 자기계발 : 운동, 취미생활 등
- 인간관계 : 친구와의 만남, 친척 모임 등

✅ 한 번에 하루치 계획만 짠다.

전날 저녁이나 당일 아침에 하루 계획만 짜도록 합니다. 우리에겐 아직 일주일 혹은 한 달 치 계획이 필요 없습니다. 왜냐면 하루 계획 지키기도 버겁기 때문입니다. 하루 계획을 80% 이상 꾸준히 달성하는 정도의 의지력과 성실성을 얻으신 후 그때 주간 계획으로 넘어가셔도 충분합니다.

그래도 전체적인 개관은 잡아둬야 하지 않나, 싶은 마음이 당연히 드실 수 있어요. 일주일 분 계획을 알차게 써놓고 싶은 마음을 충분히 이해합니다. 하지만 그러다 보면 중간에 계획이 밀리는 날이 높은 확률로 생기고, 하루 계획이 밀리면 다음 날 계획도 밀립니다. 결국 처음부터 하루 분만 짜든 일주일 분을 다 짜든, 내일 또 짜야 하는 것은 매한가지가 되죠. 굳이 전체 개관을 잡고 싶으시면 해내야 할 전체 분량만 우선 별도의 칸에 적어두세요. 전체 분량을 나누어서 날짜마다 다 써두는 행동은 초반에는 절대 하지 마세요.

읽으시면서 '아, 내가 이 부분 때문에 계획 짜기를 지속적으로 실패했었구나' 싶은 팁을 발견하셨나요? 그 부분을 개선해 마침내 자신에게 맞는 계획 짜기 방법을 발견하셨다면, 이제는 무슨 계획을 어떻게 적어야 할까요? 그것은 이어질 내용들에서 설명하겠습니다.

다음 장에서 중점적으로 다루고자 하는 얘기는 '한없이 가벼운 목표 세우기'의 필요성과 예시입니다. 우리의 의지력은 어떻다고 했죠? 그렇습니다! 유치원생이죠. 유치원생에게 어떤 일을 시키려면 어떻게 해야 할까요? 처음부터 8시간 공부를 시킨다고요? 거기다가 못하면 혼내기까지 한다고요? 심지어 옆집 성인의 능력치와 비교까지 한다고요?

말도 안 되는 소리들이죠. 하지만 그동안 우리는 작고 약한 유치원생 의지력을 가지고 똑같은 잘못을 저질렀습니다. 가혹했던 우리의 지난날들을 반성하고 다음으로 넘어가 볼까요.

/

# 유치원생 키우는 마음으로 나 자신 구워삶기

/

어떤 행동을 습관으로 자리 잡게 하고 싶으면 살살 구슬리는 수단을 써야 합니다.

- ♡ 처음엔 작고 쉬운 것부터, 드문 빈도로 시키며 차차 적응하게 한다.
- ♡ 잘하면 칭찬과 상을 듬뿍 줘 무언가를 이뤘을 때의 기쁨을 알게 해준다.

반면 하면 안 되는 일은 다음과 같습니다.

- ♡ 처음부터 무리한 목표를 던져주고 반드시 이루라고 한다.

☑ 실패할 경우 혼을 내고 벌을 준다.

처음부터 무리한 목표를 세울 경우 십중팔구 이루지 못해서 자괴감을 느끼며, 무리해서 이룬다 해도 장기적으로 지속이 불가능하고, 그 업무에 대해 '싫은 마음'이 생겨버립니다. 일단 '싫어하는 마음'이 생기면 한층 진입장벽이 높아져 다음에 시키기는 더 어려워집니다.

물론 실패할 때 타인에게서 벌을 받으면 효과적일 수도 있습니다. 그렇기에 각종 스터디나 기숙학원들이 있는 것이겠죠. 하지만 본인 스스로를 관리할 경우 이 방법은 굉장히 비효율적입니다. 스스로 자신을 혼내봤자 별로 무섭지도 않고, 행동 교정도 안 될뿐더러, 그냥 기분만 나빠지기 때문이죠. 또한 스스로 문제점을 파악하지도 못하고 개선책을 내놓지 못하면서 의욕만 저하시키는 아주 덧없는 행위입니다.

위에 언급한 사항들을 똑같이 우리에게 적용하면 됩니다.

/

# 작고 가벼운 목표는 왜 중요할까?

/

우리 주변에 열심히 사는 사람들은 어떻게 열심히 살게 되었을까요? 공부, 운동, 직장 일은 힘들기만 한데, 그냥 하기 싫고 즐겁지 않아도 계속 참고 또 참기만 한 걸까요?

아닙니다. 그럴 리가 없지요. 제가 생각할 때 열심히 사는 사람들이 열심히 살 수 있는 이유는 두 가지입니다. 어쩌다 보니(유년기·성장기의 주변 환경 or 유전) 성실히 사는 게 습관이 되어서 점점 강한 빈도의 일을 수행할 수 있는 능력이 길러졌거나(관성이라고 할 수 있겠네요), 혹은 여러 번 성공의 경험을 겪으며 성취감이라는 내적인 동기를 찬찬히 쌓아온 경우입니다. 우리가 어쩌다 보니 성실히 사는 것은 불가능한 일이니, 그나마 할 수 있을 것 같은 성취감 쪽을 공략해 보는 것이 유리합니다.

성취감에는 다양한 종류가 있습니다. 일단 할 일을 그날그날 해내는 데서 오는 단기적인 성취감이 있습니다. 유익한 활동을 하며 자신이 점점 발전하는 데에서 오는 장기적인 성취감도 있구요. 혹은 시험 및 대회 등에서 좋은 결과를 얻음으로써 오는 큰 성취감도 있지요. 위와 같은 다양한 성취감들을 얻음으로부터 전반적인 자존감, 자기 효능감과 자기 신뢰도가 올라갑니다.

하지만 우리는 지금까지 눈앞의 업무를 회피하고 단기적인 즐거움만 누리느라, 말초적인 즐거움과 성격이 완전히 다른 고차원적인 보상인 성취감을 거의 느껴보지 못했습니다. 그래서 말초적인 즐거움을 포기하고 어려운 일을 하면서 열심히 사는 사람들을 보면, 너무 대단해보이고 나는 도저히 할 수 없을 거 같고, 나와는 유전자부터 달라 보이죠.

하지만 그들 나름대로 업무에서 성취감이란 즐거움을 누리고 있다는 걸 깨닫고, 그리고 성취감을 직접 얻어보는 일을 반복하면 왜 열심히 살 수 있는지 이해할 수 있게 됩니다. 작고 가벼운 목표는 유치원생 의지력을 가진 우리에게도 당장 성취감을 맛보게 한다는 점에서 중요합니다.

☑ 작고 가벼운 목표 세우기

아주 쉽습니다. 일단 우리는 초급 단계니까, 하자! 하고 생각한 뒤 바로 실행되지 않는 목표면 뭐든 됩니다. 즉 무의식에서 바로 처리할 만큼 몸에 배지 않은 모든 것이 목표가 될 수 있습니다.

☑ 손톱 깎기, 퇴근하는 길에 우유 구매, 이불 개기 등.

이런 것도 목표야? 소리가 절로 나오죠. 하지만 유치원생 단계에서 중요한 것은 목표가 얼마나 그럴듯한지, 그 목표 자체로 얼마나 많은 것을 얻을 수 있는지가 아닙니다. 글자로 적어 계획을 짜고, 실행하고, 체크하는 감각을 익히는 것, 그리고 작은 성취감을 얻음으로써 선순환의 시작점을 만드는 게 중요한 포인트입니다.

아무튼 계획해둔 목표를 다 하고 나면 빨간 펜으로 체크하여 마쳤다는 것을 시각적으로 확인합니다. 솔직히 위의 목표는 실패하기가 더 어려운 목표죠. 하지만 다 하고 나면 아주 소소하지만 분명 성취감이 생기고, 또 오늘 하루 일단 뭔가를 계획해서 해냈다는 게 눈으로 보입니다.

물론 큰 성취감을 느끼면 더더욱 좋지만, 큰 성취감은 빅 태스크big task를 이루었을 때 얻을 수 있는데 우리는 이것을 한 번에 해낼만한 역량이 아직 없습니다. 우리의 의지력이 성인 수준이 되기 전까지는 작은 성취감들로 만족하는 것이 좋습니다.

### ☑ 작지만 정기적인 목표 설정하기

위에서 말한 것들은 게임으로 치면 다람쥐고기 10개 모으기 같은 일시적인 서브 퀘스트입니다. 물론 다람쥐고기 모으기 중요하죠. 하지만 더욱 효과적으로 우릴 변화시킬 수 있는 방법은 정규 퀘스트입니다.

매일 혹은 일정 주기로 달성하면 좋을 작은 목표들을 설정해보세요. 차차 삶에 균형이 잡히고 어설프나마 체계가 생깁니다. 추천할 만한 목표의 예시는 다음과 같습니다.

- 아침에 일어나서 스트레칭하기
- 밥 먹고 비타민 먹기
- 책 5페이지 읽기
- 나갔다 와서 옷 걸기
- 자기 전 책상 정리
- 스쿼트 20회

이것 역시 적절한 양식에 기록해주세요. 구글에서 해빗 메이커habit maker 양식을 검색해 인쇄해 사용해도 좋고, '습관 만들기'를 검색해 나오는 앱을 이용해도 좋고, 리훈의 작심한달 등의 기능성 메모지를 써도 좋습니다. 뭐가 됐든 실행여부를 체크하고 피드백하는 게 중요합니다.

저는 이런 정규 퀘스트들을 해내면서, 비유적으로 설명하자면 매일의 고정 일과가 북엔드 역할을

해주어 하루가 균형 잡히고 주기적으로 흘러가는 걸 느꼈습니다. 큰 책장(하루 동안의 시간)에 북엔드(고정 일과)가 하나도 없으면, 책(할 일)들이 자기 마음대로 쓰러집니다. 북엔드를 하나 둘 세워두면 그 사이에서 책들이 균형을 잡고 일어서죠.

주기적인 목표를 실행하며 자신의 생활을 최적화하다 보면, 결국 같은 일과는 일정한 시간대에 실행하게 될 확률이 높습니다. 이불 개기는 일어나자마자, 비타민 먹기는 아침 먹고 나서, 필사하기는 오후 3시쯤, 책상 정리는 자기 전에 하는 식으로 말이죠. 그렇게 고정된 일과는 24시간이라는 긴 시간을 나눠주는 구획이 되고, 다른 행동을 불러일으키는 신호 역할을 합니다. 그리고 일정한 시간대의 할 일을 기준으로 여러 일과들을 규칙적으로 배열할 수 있게 되고요.

# 사람은 쉬운 일은 계속 한다

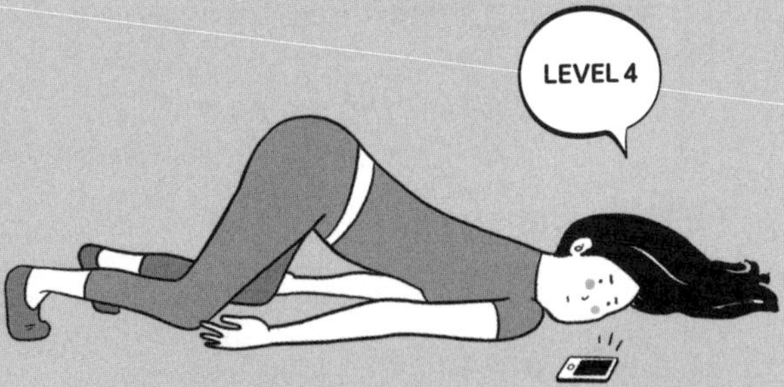

당신은 시키는 일을 제대로 한 적이 없는 최악의 직원이자,

불가능한 업무만을 강요하는 최악의 사장인 셈이다.

조던 B. 피터슨, 〈12가지 인생의 법칙〉

/

# 할 일을 작게 쪼개는 기술

/

앞 장에서는 쉽고 가벼운 목표들을 설정하는 것의 중요성을 말했습니다. 하지만 우리는 이미 성인이기에 앞 장에서 말한 일들처럼 쉽고 단순한 일만 하며 살 수는 없습니다. 누구에게나 공부, 운동, 집안일, 업무 같은 하기 어렵고 귀찮지만 해야 하는 일들이 있을 겁니다. 그러면 할 일을 자기가 할 수 있을 만큼 잘게 쪼개주세요! 쪼개는 방법은 두 가지가 있습니다.

매 단계마다 절차가 명확히 있는 것들은 과정으로 쪼개면 되고, 책 읽기, 인강 듣기처럼 동일 업무가 반복되는 것들은 분량으로 쪼개는 게 효과적입

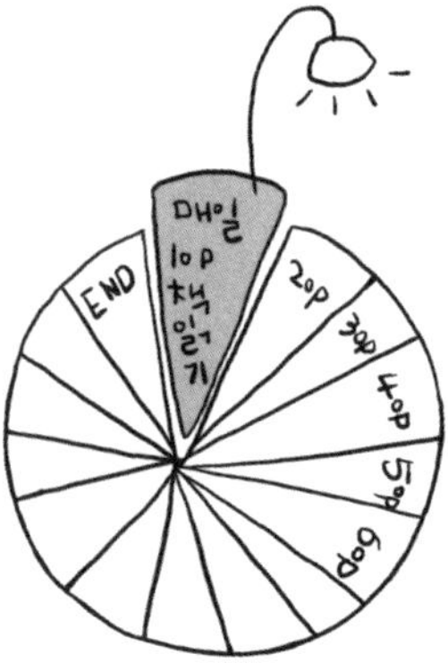


분량으로 쪼개기

과정으로 쪼개기

니다. 물론 '리포트 완성'이라는 과제를 아무리 쪼개 봤자, 결국 일정 분량의 리포트를 완성해야 한다는 점은 달라지지 않습니다. 하지만 '리포트 완성'이라는 타이틀을 생각하는 순간 우리는 파인애플 한 통을 한 입에 먹어야 할 것 같은 부담감을 느낍니다. 그럴 때는 자신이 먹을 수 있을 만큼, 즉 컨트롤 할 수 있을 만큼 업무를 쪼개야 합니다. 그 과정을 통해 파인애플의 꼭지를 따고, 껍질을 벗기고, 과육을 한 입 크기로 자르는 것입니다.

/

# 대청소 대신에 고무장갑부터 끼기

/

본인이 '싫은 마음'이 생기지 않을 만큼, 그 일을 떠올렸을 때 심리적 거부감이 안 생길 만큼 쪼개면 됩니다. 처음에는 상상 이상으로 잘게 쪼개야 할 거에요.

예를 들면, 인터넷 강의를 듣는다고 하면 일단 10분만 듣는다고 생각하고, 만약 그것도 힘들면 5분으로 낮추고요. 읽어야 할 책은 반 챕터, 그것도 많으면 10페이지. 운동을 한다고 하면 걷기 5분, 앉았다 일어나기 10번부터 시작하는 거죠. 집안일은 설거지 → 일단 고무장갑 끼기, 청소 → 책상 위에 있는 것들을 일단 서랍에 쑤셔 넣기 등등. (본인의 의지력 수준에 맞게 조정하시면 됩니다)

막상 목표를 낮게 설정해도 시작이 반이라고 하다 보면 좀 더 하게 됩니다. 그렇다고 목표는 10분이라고 설정해두고 '1시간 해야지' 마음 속으로 과대 목표를 세우면 안 됩니다. 1시간을 하지 못하면 무의식적으로 자신에게 실망하게 되기 때문입니다.

중요한 것은 그 일에 대해 싫은 마음이 안 생기게 하는 겁니다. 스몰 태스크small task를 수행해나가다 보면 좀 더 큰 태스크, 더 센 강도의 일을 할 수 있는 힘이 차차 길러집니다.

또한, 반복되는 업무를 쪼개서 수행하다 보면 그 일에 대한 개요도가 잡힙니다. 저의 경우 너무나도 설거지를 하기 싫어했는데, 그럴 때마다 머릿속으로 천천히 설거지를 하는 과정을 생각했습니다.

> 고무장갑 끼기 → 수세미에 퐁퐁 짜기 → 그릇에 묻히기 → 물로 헹구기 → 그릇장에 놓기

이렇게 순서도가 딱 잡히니까 설거지에 대한 막연한 부담감이 좀 줄어들었습니다. 그리고 일단 고무장갑을 껴 본 뒤에 설거지하기 싫으면 잠깐 쉬어

야지 하는 마음을 먹고 시작할 수 있게 됩니다. 그러고 나서 하기 싫으면 고무장갑 낀 채로 쉬고, 기력이 남아있으면 수세미에 세제를 묻힙니다.

한 가지 더 예를 들어 볼까요? '대청소를 해야 하는데' 생각을 하면 일단 숨이 막힙니다. 대청소란 말을 듣는 순간 화장실 물때, 침대 위로 잔뜩 쌓인 옷가지, 잔뜩 책이 쌓인 책장 등 어수선한 집의 모습이 한 번에 머리를 습격합니다. 심리적 부담감과 하기 싫은 마음은 급속도로 커지죠. 그럴 땐 대청소라는 업무를 쪼개보세요! 저는 다이널리스트dynalist(컴퓨터/폰 둘 다 가능) 또는 워크플로위workflowy라는 어플을 사용해 아래처럼 쪼개곤 합니다.

**대청소**

**거실**

- 쓰레기 버리기
- 그릇, 책 원래 있던 장소에 두기
- 청소기 돌리기

**침실**

- 청소기 돌리기
- 돌돌이로 침구 정리
- 잡동사니 원래 있던 서랍으로

**부엌**

- 설거지
- 냉장고 정리 : 안 먹는 것 버리자
- 씽크대 기름때 닦기

**화장실**

- 타일 물청소
- 곰팡이 제거
- 변기 수세미로 닦기
- 칫솔 소독
- 쓰레기 비우기

쪼개고 나니 일이 늘어난 느낌이 든다고요? 저 일들을 지금 당장 다 하라는 소리가 절대 아니에요. 몸이 하나인 이상 한 번에 할 수 있는 일은 하나뿐입니다. 지금 할 게 아니라면 과감히 지워서 메모리 낭비를 줄입시다.

**대청소**

**거실**

- 쓰레기 버리기
- 그릇, 책 원래 있던 장소에 두기

대청소란 단어도 상당히 부담스럽네요. 이것도 빼겠습니다.

**거실**

- 쓰레기 버리기
- 그릇, 책 원래 있던 장소에 두기

자, 이제 이 정도는 할 수 있을 것 같죠? 그러면 저 두 개 정도만 대충 끝내놓으시면 됩니다. 사실 하다 보면 탄성을 받아서 거실 청소기 정도는 십중팔구 돌리게 되는데, 그렇지 않아도 상관없습니다.

아무튼 목표한 것은 다 해놓고, 기력이 남아있으면 다른 것을 더 해도 됩니다. 힘이 없다면 간식을 먹거나 낮잠을 자고 와서 새로워진 마음으로 침실 청소에 도전합시다.

/

## 쉬워 보이면
## 미루지 않게 된다

/

아까도 말했다시피, 이렇게 쪼갠다고 할 일의 전체 분량이 줄어들진 않습니다. 다만 심리적 부담을 줄여 어떻게든 시작할 수 있게 해주고, 시작을 했다는 사실에 탄력을 받아 지속 가능한 선에서 계속 태스크를 이어갈 수 있게 해주는 거죠.

예를 한 가지 더 들어볼까요? 중국 근현대사의 한 사건에 관한 요약 리포트를 쓴다고 가정해봅시다. 논문도 가져와서 인용해야 되고, 관련 책도 읽어야 하는데 어떤 책을 읽을지도 정해야 합니다. 그냥 읽는 것도 아니고 장마다 중요한 부분을 요약도 해야 합니다. 아직 컴퓨터의 모니터에는 흰 화면밖에 없는 데 일곱 페이지를 언젠간 채워야 하지요. 순간 멘붕을 느끼며 하기 싫다는 생각을 하게 되지요. 읽으면서도 정말 싫네요. 자, 이제 이 과정을 쪼개 보겠습니다.

**중국 근현대사 레포트**

**사전 자료 조사**

**논문**

- 컴퓨터 켜기
- 논문 사이트 접속+검색
- 5건 다운받아놓기
- 읽고 필요한 부분 발췌

**책**

- 참고도서 결정
- 도서관에서 빌리기
- 장별 발췌독

**리포트 작성**

**워드파일/폴더 만들기**

**표지 만들기**

서론 대충 쓰기(참고자료 요약+인용)

본론 대충 쓰기

결론 대충 쓰기

퇴고 + 오탈자 검수

프린트

다 쪼개셨다면, 대청소 때와 마찬가지로 '오늘 할 항목'만 몇 개 골라두세요. 저라면 과제가 공지된 첫날에 자료 넣을 폴더를 만들고, 리포트 제목 쓴 파일을 만들어두고, 참고도서 뭐 빌릴지 검색해서 결정 정도만 해둘 것 같네요. 각 과정을 완료할 때마다 체크를 해서 시각적으로 성취감을 느끼고요. 사실 20분도 안 걸리는 일인데, 이렇게만 해놔도 시작을 했다는 탄력이 생겨서 리포트를 차일피일 미룰 확률이 줄어듭니다.

만약 아무 것도 안 해놨는데 내일이 리포트 제출 마감이라면 어떻게 해야 하나요? 당연히 저 많은 걸 하루 만에 끝낼 수 없습니다! 끝낸다고 쳐도 정신적으로 완전히 번아웃되어 버립니다. 그러니 게으르머들은 한 번에 부담 없는 분량만 하는 대신, 기간을 부지런러들보다 길게 잡기를 권장합니다. 안 그러면 짧은 기간 동안 빡세게 하려다가 나가떨어지기 일쑤고, 다음에 비슷한 업무를 할 때 더 큰 심리적 부담이 생기거든요.

한 가지 팁은, 목표를 세울 때 '완성, 끝내기, 마스터하기, 완벽하게, 잘하기' 이런 표현들을 지양하는 것입니다. 우리의 심약한 마음에 상당히 부담이 됩니다. 대신 '대충, 일단, 조금이라도' 등의 헐렁헐렁한 단어들을 애용해주세요.

이렇게 할 때 얻을 수 있는 장점이 또 하나 있습니다. 미루는 시간을 최대한 줄임으로써 할 일을 바로 해치우는 습관을 들일 수 있고, 업무를 쪼갬으로써 작은 일에 최대한 몰입할 수 있게 됩니다. 지금 하는 작은 일 하나 하나가 큰 일을 해내는 연습이 된다고 생각하면 좋을 것 같아요.

/

# 설거지를 안 미루면 이력서도 제때 쓴다

/

설거지를 지금 바로 하는 것은 이력서를 지금 당장 쓰는 것과 아무런 연관이 없을 것 같죠. 행주를 야무지게 빨아서 물을 꾹 짜는 것과 리포트를 잘 끝내는 것은 완전히 다른 차원의 일 같아 보이구요. 하지만 삶의 태도는 생각보다 넓은 부분에서 일관되게 적용됩니다. 나중에 중요한 일을 어떤 식으로 처리할지 알고 싶다면, 지금 눈앞의 작은 일을 어떤 식으로 처리하는지 관찰해보세요.

시간을 쓰는 최악의 방식은 집중하지 못한 채로 업무를 수행하는 것입니다. 두 가지 일을 동시에 한다면, 혹은 지금 하는 일과 상관없는 생각을 하며 업무를 수행한다면 그 시간은 흐리멍덩하게 흘러갑니다.

사실 모든 일에는 그 나름의 재미와 보람이 숨어 있지만(심지어 설거지도요), 집중하지 않는다면 일 자체의 흥미를 느끼기 어렵기에 그 일에 재미가 잘 안 붙습니다. 집중하지 않으면 노력해도 성과가 잘 안 나오니 더 재미없어져 하기 싫어지는 악순환에 빠져들고요. 결국 시간만 쓰고 하나마나한 일이 되는 거죠. 차라리 그 시간에 마음 편히 놀았으면 재미라도 있었을 거예요.

마음속에 다른 생각이 가득 차 있는데 아무리 재밌고 좋은 걸 가져다준들 좋음을 느낄 수 있을까요? 심각한 걱정과 부정적인 감정으로 가득 차 있을 땐 아무리 맛있는 것을 먹어도 맛이 안 느껴지고, 재밌는 영화를 보는 동안도 마음이 불편한 걸 다들 느껴 보셨을 거예요.

비슷하게, 지금 하는 일에 집중하지 않는다면 머릿속도 불편하고 일의 효율도 급격히 낮아질 것입니다. 머릿속이 계속 비효율적으로 돌아가니 정신은 되게 바쁩니다. 그래서 일단 뭐라도 하고 있고 열심히 시간을 보낸 거 같긴 한데, 막상 끝나고 나면 손에 제대로 남는 것이 거의 없습니다.

/

# 변화를 위한 시간, 한 번에 25분

/

저는 개인적으로 한 번에 25분 정도만 집중할 수 있다면 일상을 살아가고 평범한 업무를 수행하는 데에 있어 큰 문제는 없다고 생각합니다. 25분 동안 하고 잠깐 쉬었다가 또 25분 집중하면 되니까요. 많은 일을 한 번에 해야 한다는 조급함을 버리고, 한 번에 하나씩만 처리해보는 습관을 만들어 보세요. 많은 양의 일을 대충 하는 대신, 적은 양의 일이라도 정성껏 하는 연습을 해보는 거죠. 집중을 위한 대원칙 세 가지는 다음과 같습니다.

✓ 두 가지 일을 동시에 하지 않는다.

지루함 달래기용 자극+완전히 몸에 밴 단순 반복 업무(예_ TV 보며 마늘 까기, 라디오 들으며 운전, 음악 들으며 조깅) 조합이 아닌 이상, 두 가지 일을 한 번에 하려고 하지 마세요. 특히 중요한 일을 할 때는 다른 걸 동시에 하려고 하지 마세요. 웬만한 일들도 한 번에 두 가지를 하지 마세요. 그냥 하지 마세요. 둘 중 하나가 생각이 개입되어야 하는 업무라면, 또 다른 일을 동시에 하는 순간 뇌의 효율이 급격히 떨어집니다.

그냥 자잘한 일들은 동시에 두 가지 하고 큰일에만 집중하면 안 되는지 궁금할 수 있지만, 저는 어떤 일을 하는 매 순간이 집중을 연습할 수 있는 기회라고 생각합니다. 매 순간 우리의 행동과 생각은 습관을 만드는 새로운 인풋으로 작용하고 있습니다. 우리가 원하던 원하지 않던 말이죠. 평소 사소한 일에 집중하지 못하는 사람은 큰일에도 집중하지 못할 확률이 높습니다.

또한 아주 짧은 시간을 두고 여러 일을 번갈아 하는 태스크 스위칭Task switching도 두 가지 일을 동시에 하는 것에 해당됩니다. 다른 사이트 들락거리고 메

신저 확인하면서 리포트를 쓴다거나 하는 일도 자제해주세요.

### ☑ 일을 할 때 머릿속으로 딴 생각을 하지 않는다.

사실 바로 앞의 항목보다 이 부분이 훨씬 어렵습니다. 멀티태스킹을 방지하려면 그냥 처음 시작 단계에서 딴 일을 안 해버리면 끝인데, 이 항목은 업무 수행 내내 계속 쳐들어오는 잡념과 싸우고 생각과 감정을 관리해야 하거든요.

저는 생각이 굉장히 많은 타입이라 이 부분이 정말 힘들었고, 아직도 이 점을 개선해나가기 위해 노력하고 있습니다. 이 글을 쓰는 지금 이 순간도 '스마트폰 하고 싶다, 배고프다, 여행 일정 잡아야 되는데, 내일 놀러가면 재밌겠다, 아 이따 우유 사와야 되는데, 잠깐 카톡 좀 볼까?' 등 수많은 생각이 떠오릅니다. 스쳐 지나가는 생각이라면 자연스럽게 사라지게 두시면 됩니다.

하지만 당장 손톱을 깎고 싶다든가, 야식을 먹고 싶다든가 하는 생각이 떠나지 않고 계속 머릿속에 있다면? 떠오를 때마다 종이에 적어두시고, 이따 하자 혹은 나중에 생각하자라고 말하세요.

할 일과 하고 싶은 일들을 종이에 기록하면, 뇌에서 더 이상 처리할 필요가 없으니 잡념이 사르르 사라집니다. 그리고 해야 할 일을 끝낸 뒤 종이에 써진 내용을 보며 처리하면 됩니다.

### ✓ 부정적인 생각이 떠오르면 글로 적어본다.

불안, 걱정, 후회 등 부정적인 감정은 컨트롤하기 더 까다롭습니다. 단순히 스쳐지나가는 생각들에 비해 뭔가 유기적인 스토리가 있고, 상대적으로 긴 시간 이어지며, 꼬리에 꼬리를 물고 거대해지기 쉽고, 안 그래도 별로 없는 정신적 에너지를 심하게 갉아먹습니다.

뭐가 됐든지 부정적인 감정을 쭉 리스트로 적어보세요. 평소에 우리가 하는 생각이 대단히 많은 것 같지만, 적다보면 놀랍게도 몇 개의 패턴이 계속 되풀이된다는 걸 깨닫게 됩니다.

다 적으셨나요? 그러면 이제 내 걱정과 후회를 해

결하기 위해 지금 당장 취할 수 있는 실제적인 액션이 있는지 생각해보세요. 그리고 이렇게 적힌 부정적 생각들이 과연 지금처럼 시간을 투자할 가치가 있는 생각들인지 분석해 보세요. 나름대로 해결책도 찾아보시고, 가치평가도 해보시고, 여러 후회들에는 거기서 얻을 수 있는 교훈도 적어 보세요.

이렇게 다 쓰고 나름의 정리까지 끝냈다면, 종이로 인쇄하든지 카톡 채팅방에 보내놓든지 해서 언제든 볼 수 있게 하세요. 그리고 할 일을 하는 도중에 잡생각이 나면 이미 글로 적었고, 지금 당장 할 수 있는 일이 없고, 이만큼 시간을 투자할 가치가 없음을 결론내린, 처리가 끝난 생각이라는 걸 명심하세요. 그러면 그 생각은 힘을 잃고 조용히 물러갑니다.

굉장히 소소하지만 시간 제한법도 의외로 효과가 좋았기에 공유합니다. 시간 제한법은 '딱 15분 동안만 실컷 걱정하기'와 '당장 해야 하는 걱정이 아니면 일단 지금은 잊어버리고 내일 8시에 다시 걱정한다고 생각하기' 등의 방법을 쓸 수 있어요.

☑ **최대한 집중할 수 있는 환경을 만든다.**

집중할 수 있는 환경을 만들기 위해 노력해주세요. 우리의 의지력은 유치원생이며, 유치원생에게 환경은 몹시 중요합니다. 유치원생을 아무것도 없는 책상에 앉혀두고 공부하라고 하면 10분 정도는 할 수 있겠지만, 책상에 레고 박스가 올라오는 순간 바로 자리에서 일어나 블록 쌓기를 하고 맙니다.

보통 사람에게 환경에 따라 집중도가 달라지는 것은 매우 자연스러운 일입니다. 물론 어느 환경에서도 집중을 잘 할 수 있을 정도로 의지력이 높은 사람도 당연히 있겠죠. 하지만 그런 사람은 정규분포표의 끝에 극소수 있고, 반대쪽 끝에는 어떤 환경에서도 집중을 잘 못하는 사람이 있을 겁니다. 그리고 대부분의 사람들은 그 중간 어디쯤에 있을 것이고요.

책상 위에 있는 잡다한 물건들을 다 치워서 주의가 분산되지 않게 해주시고, 자신에게 맞는 환경을 찾아주세요. 모니터 앞도 깔끔히 정리해주시고요. 그리고 업무마다 사용할 수 있는 각종 집중력 도구들도 이용해주세요.

그리고 우리의 의지력은 유치원생이라고 말씀드렸듯이, 처음부터 밀도 높은 초집중 상태에 들어가거나, 긴 시간 동안 계속 집중하기 위해 괴로워하지 마세요. 아직 불가능합니다. 할 수 있는 수준으로만, 할 수 있는 시간 동안만 일단 집중하고, 그게 성에 차지 않았다면 차차 개선하면 됩니다.

아까 업무를 쪼개라고 말씀드렸던 것도 한 번에 집중할 수 있을 분량만큼만 처리하기 위해서입니다. 물론 쉬운 일은 아니죠. 저도 여전히 하루의 많은 부분은 무의식적인 잡생각이 섞인 채 흐릿하게 보내고 있습니다.

하지만 집중해야 한다는 점을 마음에 담아두고 짧은 시간이라도 그렇게 하기 위해 노력하니, 하루하루 집중하는 시간이 조금씩 늘어가는 것을 느끼고 있습니다. 그로 인해 중요한 일을 할 때의 성취도도 달라진다는 걸 느낍니다.

/

## 뽀모도로 테크닉으로 집중하기 연습

/

일상에서 쉽게 도전할 수 있는 집중하기 연습으로는 다음과 같은 것들이 있습니다.

- 집안일하는 동안 집안일에만 집중해본다.
- 뽀모도로 테크닉을 이용해본다. 25분이 너무 길다면 5분.
- 영화나 드라마 보는 중간에 스마트폰을 하지 않는다.
- 어떤 책을 다 읽고 난 다음 다른 책으로 넘어간다.
- 좋은 책을 필사해본다. 쓰는 동안은 글에만 집중한다.

이 중 뽀모도로 테크닉Pomodoro Technique이란, 25분(혹은 일정 시간) 동안 타이머를 맞춰놓고 할 일 한 가지에 집중한 뒤, 타이머가 울리면 5분 동안 쉬고, 다시 25분 동안 집중하는 식으로 일을 해나가는 방식입니다.

사실 이전에는 저도 큰 업무가 있을 때만 일시적으로 이 방식을 썼습니다. 대청소를 하거나, 과제나 레포트를 하거나 할 때만 말이죠. 이 방식을 본격적으로 써본 건 2019년 수험생활을 하면서였어요. 수험생활을 하다 보니 50분짜리 인강 한 번 듣는 동안 언제 끝나는지 재생창을 20번씩 확인하는 제 자신을 발견했고, 이대로는 안 되겠다 싶어 가벼운 마음으로 시도해봤습니다. 그리고 그 효과는 놀라웠습니다.

제가 지루함을 잘 버티지 못하기에 처음에는 15분 인강, 5분 휴식으로 시작했습니다. 적응이 되고 15분이란 텀이 너무 짧게 느껴지자 집중 시간을 25분으로 늘렸고, 그만하면 제 집중력에 딱 맞았기 때문에 25분 인강-5분 휴식의 패턴을 고정시켰습니다. '타이머가 울릴 때까지만 하자'라는 명확한 기준점이 있고, 그 시간이 제가 납득할 수 있는 수준이었기 때문에 집중력이 높아졌습니다. 최소한 타이머가 울릴 때까지는 아무것도 신경 안 쓰고 인강만 들으면 됐으니까요. 이걸 실행하기 전까지는 언제 쉬어야 하지 전전긍긍 계속 시간을 확인하며 계산했습니다.

문제풀이를 하고 복습을 할 때는 인강보다는 오래 집중할 수 있을 것 같았어요. 그래서 40분 집중-15분 휴식으로 타이머를 정했죠. 역시 타이머가 울릴 때까진 다른 걸 생각하지 않고 집중할 수 있었고, 점점 시간이 늘어나 최종적으로는 50분 집중-15분 휴식으로 패턴이 고정되었습니다. 그렇게 기계적으로 8~9세트를 반복하고 나면 하루가 끝나 있더라고요.

이 방식을 쓸 때, 제가 게으르머들에게 특별히 강조하고 싶은 포인트는 휴식시간 타이머입니다! 저는 시행착오를 겪은 후 타이머를 두 개 썼어요. 하나는 50분(수험생용 스톱워치), 하나는 15분(독서실에선 무음 스톱워치, 집에선 주방타이머)으로 고정적으로 설정해두고요.

처음엔 타이머 하나만 썼는데, 두 시간을 번갈아 설정하다 보면 귀찮아서 쉬는 시간 타이머를 점점 건너뛰게 되더라고요. 그런데 쉬는 시간이 끝났다는 신호를 주지 않으면 게으르머답게 5분만 더 쉴까, 하다가 결국 50분 공부하고 1시간 쉬어버리는 일들이 빈번하게 발생했습니다. 타이머를 두 개 쓴 뒤로부터는 집중 신호-휴식 신호를 명확하게 인지할 수 있었기 때문에 효율적으로 공부할 수 있었어요.

저처럼 공부할 때뿐만 아니라 업무, 집안일을 할 때에도 뽀모도로 테크닉은 정말 추천하고 싶어요. 꼭 25분-5분으로 고정하지 않고, 자신의 집중력 수준에 따라 얼마든지 시간 조정을 할 수 있어요. 내가 쉽게 집중할 수 있는 일은 2시간을 해도 되고, 너무 하기 어려운 일은 10분만이라도 해보자는 마음으로 해도 좋고요. 어쨌든 타이머가 울리기 전까지는 아무 것도 신경쓰지 않고 딱 하나에만 집중할 수 있는 효과가 굉장히 컸습니다.

# 변화는 옷 세 바구니를 버리면서 시작됐다

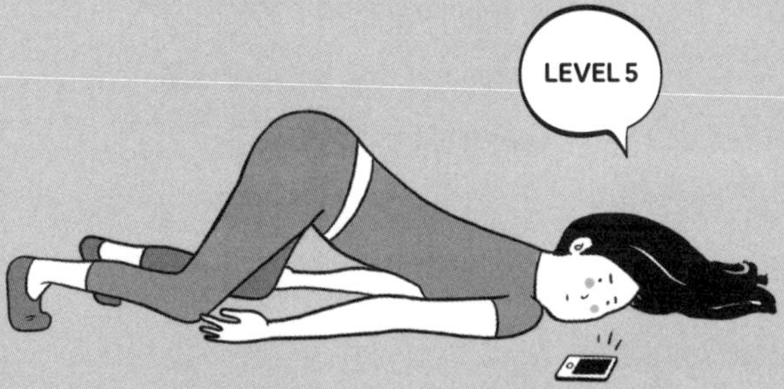

쓸모 없는 것이 쌓여 있으면 좋지 않은 습관과
부담이 늘어나 판단력이 흐려지고,
그 결과 우리의 생각, 마음, 상상이 가진 힘을
충분히 활용할 수 없게 된다.

도미니크 로로, 〈심플하게 산다〉

/

## 어수선한 방은
## 의지력 도둑

/

저는 살아온 인생 내내 정리를 잘 못했습니다. 학창시절엔 사물함에 온갖 걸 다 쌓아두었기에 문만 열면 교과서들이 줄줄 흘러내렸고, 수업시간에 굉음이 들려 뒤를 돌아보면 제 사물함을 비집고 나온 물건들이 떨어져 내리고 있었습니다. 그런 사물함에서 책을 찾기 귀찮아 책상 위에 책을 쌓아두고 지내다 선생님께 혼난 적도 몇 번 있고요.

집에서라고 정리를 잘할 리 없죠. 일단 집에 오면 피곤해서 옷은 의자에 던져두고, 가방은 그대로 방치했습니다. 버려야 할 것과 남겨야 할 것을 구분하지 못했고, 가방을 정리하지 않으니 립스틱이나 카드 등 중요한 물품을 잃어버려 새로 샀던 적도 비일비재합니다.

지저분하고 어수선한 환경은 처음엔 제 게으름의 결과물이었지만, 때로는 새로운 게으름의 원인이 되기도 했습니다. 뭐 하나 하려고 하면 더러운 방이 일단 거슬렸고, '방부터 치우고 하자'란 핑계로 일을 미루고, 그렇다고 방을 치우지도 않으면서 일과 청소를 둘 다 방치했습니다. 그러다 더 이상 미룰 수 없을 때가 돼서야 엄청나게 스트레스를 받으며 대청소를 하는 패턴이 이어졌죠.

하지만 저는 요즘 인생 중 가장 쾌적한 환경에서 지내고 있는데요, 그 비법을 공개하겠습니다.

/

# 물건
# 무조건 줄이기

/

게으름을 탈출하기 위한 저의 모든 변화가 어떤 계기로 시작되었을까, 가만 생각해보니 그 전환점은 '미니멀리즘'에 관련된 책을 읽고, 필요한 것만 남기기 시작한 때부터였던 것 같네요. 필요 없는 물건을 대대적으로 버리는 과정에 오랜 시간이 걸렸지만, 그만큼 필요 없는 물건이 없을 때의 홀가분함을 더 잘 체감하고 새로운 마음을 먹을 수 있었던 것 같아요. 쓸모없는 물건들을 처분하고 나자, 방에 공간이 생기고, 늘 뭔가 답답했던 머릿속과 가슴이 탁 트이는 기분이었습니다. 몸과 생각이 좀 더 가벼워졌죠.

일상생활에서 아무리 의식적으로 정리를 하고 또 해도, 어느 순간 고개를 들었을 때 다시 주변이 어지럽혀져 있다고요? 그렇다면 물건을 관리하는 데에 들일 수 있는 무의식적인 에너지에 비해 가지고 있는 물건의 양이 너무 많은 것입니다. 이를 해결하기 위해서는 세 가지 방법이 있는데요.

- 정리를 위해 의식적으로 에너지를 집중해서 쓴다.
- 에너지 수준 자체를 키운다.
- 내 에너지 범위에 맞게 물건을 줄인다.

저는 세 번째 방법을 택했는데요,

첫 번째는 안 그래도 에너지가 부족해서 정리에까지 신경 쓸 여유가 없었고, 두 번째는 에너지 수준을 키우는 구체적 방법도 모르는데다가 굉장히 장기간의 싸움이 될 것 같았으며, 반면 세 번째는 간단하며 그 성과가 즉시 눈에 보였기 때문입니다.

우리 무기력 게으르머들은 안 그래도 에너지가 적습니다. 그렇기에 물건을 관리하고, 찾고, 정리하는 데 드는 에너지를 최대한 절약한다면 우리의 목표를 이뤄나가는 데 그 에너지를 쓸 수 있겠죠.

필요한 것만 남기는 과정을 시작해보시면 알겠지만, 아주 엄격한 소비패턴을 가진 게 아닌 이상 주변에 필요 없는 것들이 정말, 정말, 정말, 많을 겁니다. 그리고 그것들을 다 비워내고 딱 필요한 것만 남긴다면, 불필요한 것들에 묻혀있는 필요한 것을 찾아내는 과정에 쓰이는 에너지, 불필요한 것들을 구매하고 관리하는 데에 드는 에너지를 정말 필요한 일에 쓸 수 있기에 지금보다 효율적인 삶을 살 수 있게 됩니다.

'필요한 것'을 '관리할 수 있을 만큼'만 남긴다는 대원칙을 가지고 이후의 글을 전개해나가도록 하겠습니다.

/

# 필요한 물건만 남긴 후의 변화

/

**① 정리가 쉬워진다**

가장 가시적인 변화가 나타난 것은 옷, 화장품, 욕실용품을 줄이고 난 뒤였습니다. 옷은 큰 빨래바구니로 거의 세 바구니 이상 처분했었고, 지금도 주기적으로 정리합니다. 화장품 또한 제가 필요하지 않은, 충동적으로 산 것들을 다 버리고 필요한 것만 남겼습니다.

그러다 보니 항상 옷장에 빈 공간이 있기에 옷을 다시 걸 때 에너지가 적게 들고, 아무리 외출 전에 난리를 쳐도 화장대가 항상 깔끔하고, 욕실을 청소할 때도 샴푸, 바디워시, 트리트먼트 등을 바닥에서 치우는 시간이 줄었습니다.

여기서 탄력을 받아 서랍의 잡화들도 대충 정리하고 나니 서랍을 열면 들어 있는 물건들이 한 눈에 보였고, 역으로 어떤 물건이 어디에 들어있는지 머릿속에 그릴 수 있었습니다. 그렇기에 물건이 필요할 때 어디에 있는지 찾는 시간도 현격히 줄었고, 물건을 찾으면서 주변을 들쑤셔 놓을 필요도 없으니 주변이 깔끔하고, 또한 서랍에 여백이 많기에 물건을 쓰고 제자리에 놓는 일도 쉬워졌습니다.

이렇게 청소·정리를 한 번 할 때 드는 에너지가 줄어들었기에 청소·정리에 대한 심리적인 거부감도 많이 사라져 차일피일 미루는 일도 사라졌습니다. 미루고 귀찮아하는 데 쓸 시간과 에너지를 다른 더 중요한 일에 쓸 수 있었죠.

**② 일상이 정돈된다**

활용 빈도가 극히 낮던 가방들을 다 버리고 나니 외출 시 어떤 가방을 메야 할지 선택지가 확 줄었습니다. 또한 화장을 할 때도 내가 필요한 물건이 어디 있는지 집어내는 속도도 훨씬 빨라졌어요. 옷 같은 경우도 가능한 조합의 수가 줄어드니 어떤 옷을 입을지 고민하던 스트레스도 감소했습니다.

요약하자면 선택지의 개수를 줄이니 외출 준비 시간도 줄어들었고, 그간 선택에 들여왔던 에너지와 스트레스도 확 줄었습니다. 또한 필요한 물건이 있을 때, 그 물건을 찾느라 많은 시간을 들이는 일도 사라졌습니다.

**③ 자신을 잘 알게 돼 현명한 소비를 할 수 있다**

필요한 것만 남기고 불필요한 걸 다 버리는 과정은 그동안 자신이 가져왔던 소비 방식을, 자신의 생활 방식과 취향을 직시하는 과정이기도 합니다. 소지품 일체를 두고 필요한 물건, 불필요한 물건을 나누는 과정을 통해 정말 나에게 필요한, 내가 원하는 물건이 어떤 것인지 알게 됩니다.

이 정도의 물건만 가지고 잘 살 수 있을까 싶었지만 이 정도 물건만 가지고도, 수많은 물건에 둘러싸여 살았던 지난날보다 오히려 훨씬 효율적이고 즐겁게 살 수 있다는 걸 깨닫게 됩니다. 즉 정말 나에게 필요한 게 뭔지, 소비의 기준이 명확해지는 겁니다.

불필요한 걸 다 버리는 과정은 마냥 쉽지만은 않습니다. 안 쓰지만 어쨌든 겉보기에는 멀쩡해 보이는 물건을 버릴 때, 아깝다는 생각과 심리적 거부감이 동시에 올라옵니다. 그렇다면 다음에 물건을 구매할 때, 내가 이 물건을 정말 잘 쓸 수 있을까, 또 버리게 되지 않을까 하고 고민해보게 되겠죠. 그리고 중고 장터에 팔아본다면, 아 이렇게 헐값에 팔리고 쓸모도 없는 물건을 위해 내가 거금을 들였던가 하고 소비 자체에 회의감이 좀 들 겁니다.

### ④ 생산적인 생활이 시작된다

필요한 것만 남긴 후, 그동안 저는 ①+②+③(물건을 구매하고 정리하고 일상적으로 관리하는데 드는 에너지)에 정말 엄청난 집중력과 에너지를 소모하며 살고 있었다는 것을 깨달았습니다. 물건이 보일 때마다 정리해야 한다는 정신적인 스트레스, 물건을 그때그때 제자리에 두지 못하고 산처럼 쌓인 이후에 느끼는 압박감, 방만 치우고 중요한 일을 하겠다고 다짐했지만 결국 방도 못 치우고 할 일도 못하며 보냈던 시간들, 외출 시 필요한 물건을 찾지 못해서 낭비한 시간과, 그 때문에 지인들과의 약속을 지키지 못해 떨어진 신뢰도, 필요하지도 않은 물건을 찾아보고 비교하며 충동구매하는 데 드는 에너지 등등, 그런 자잘하고 비생산적인 에너지들을 자각하지 못한 채 비효율적으로 에너지를 낭비하며 살아왔던 겁니다.

정신적 낭비가 사라지고 나니 일상에 변화가 찾아왔습니다. 책상이 항상 깔끔하니, 책을 펼치고 공부를 시작하기가 쉬워졌고 눈에 보이는 자잘한 물건이 없으니 무언가에 집중하기도 쉬워졌습니다.

/

# 필요한 물건만 남기기 위한 6가지 팁

/

제가 방법론적인 모든 부분을 다 서술하기보다는, 독자 분들께서 시중에 나와 있는 여러 미니멀리즘 책과 웹사이트를 탐독하시면서 본인에게 맞는 방법을 조정하는 것이 더 효율적이리라 생각합니다. 대신 여기서는 제가 필요한 것만 남기면서 직접 몸으로 체득한 개인적인 팁만 몇 개 적어볼게요.

**① 옷부터 정리하자**

옷, 패션잡화, 액세서리, 화장품은 필요보다 훨씬 많이 가지고 있을 확률이 높고, 매일 쓰는 물건들이기에 쓸모를 파악하기가 다른 물건들에 비해 수월

합니다. 그리고 일상적으로 가장 많이 주변을 어지럽히는 물건이기도 하고요. 즉 버리는 과정이 쉽고, 버린 이후 변화를 가장 크게 체감할 수 있는 물건들이기 때문입니다.

일단 옷, 액세서리, 화장품 중 필요한 것만 남기다 보면 정리의 기준이 확립이 되고, 필요한 것만 남겼을 때의 좋은 점을 체감해서 뒤로 갈수록 더 물건을 처분하기가 쉬워집니다.

**② 버릴 때 창의성을 발휘하지 말자**

버리는 순간에 와서야 이렇게 쓰면 되겠다! 라고 급하게 새로운 쓸모를 찾아낸 물건은 창의성까지 발휘해야 쓸모를 찾을 수 있을 정도로 활용 빈도가 적은 물건이며, 지금까지 굳이 그렇게 안 썼어도 생활에 아무 지장이 없던 물건입니다.

핸드크림 → 마사지크림으로 써야겠다! (안 씁니다)
안 입는 옷 → 리폼해서 입어야겠다! (안 입습니다)
안 입는 옷 → 편하게 집에서 입어야겠다! (그런 옷은 이미 20벌 정도 있을 겁니다.)

'지금 당장' 쓸모가 명확한 물건이 아니라면, 아깝겠지만 처분하길 권장해요.

### ③ 서랍을 줄이자

서랍은 안 쓰는 물건들의 도피처가 됩니다. 서랍이 있으면 자질구레한 물건들이 일단 안 보이기 때문에 심리적인 안도감이 듭니다. 그리고 지금 당장 물건들을 처분할 필요가 없기 때문에 물건을 버리는 작업을 뒤로 미룰 수 있고요. 하지만 우리는 우리가 가지고 있는 물건들을 직시하고 분류해서, 아직 멀쩡하지만 내가 안 쓰는 물건들은 하루빨리 새로운 주인을 찾아주고, 수명이 다한 물건들은 처분해 여유 공간을 만들어야 합니다.

붙박이장 같이 어쩔 수 없는 서랍장들은 제외하고, 자잘한 플라스틱 수납장들 안에 들어있던 것들을 전부 꺼내고 수납장 자체를 어디로 치워두세요. 만약 쓸모없는 물건들을 다 버렸는데도 수납장이 부족해서 정리가 안 되면 그때 하나씩 꺼내오면 됩니다. 일단 그 자체가 차지하는 부피가 있기 때문에 수납장만 치워도 깨끗해진 느낌이 듭니다. 그리고 꺼낸 물건들을 분류하고 버리고 정리하는 작업을 반복하세요.

**④ 절대적인 양은 중요하지 않다**

'필요한 것'의 기준은 개개인의 직업과 라이프스타일에 따라 너무도 다릅니다. '관리할 수 있을 만큼' 또한 개인의 에너지 수준에 따라 천차만별입니다. 그러므로 물건의 절대적인 양에 신경 쓰기보다 그 물건이 정말 필요한 것인지를 더 깊이 고민해주세요.

제 경우는 화장을 즐겨하지 않아 갖고 있던 아이섀도를 다 버렸는데, 화장을 즐겨 하고 어떤 섀도를 어떨 때 쓴다는 기준이 명확한 분들은 섀도를 버릴 필요가 없습니다. 향수가 단 한 개 있다 해도, 향수를 즐기지 않는 사람이 충동적으로 사서 안 쓰고 있는 물품이라면 처분하는 것이고, 향수가 20개 있다 해도, 향수를 정말 좋아하는 사람이 때에 따라 로테이션해가며 모든 향수를 잘 쓰고 있다면 굳이 스트레스 받으며 처분할 필요가 없는 겁니다.

### ⑤ 불필요한 물건들을 되도록 팔거나 나눈다

버리는 대신 필요한 사람에게 나눠주면 물건을 처분할 때 드는 심리적 거부감이 많이 사라집니다. 그리고 전체적인 관점에서 봐도 나와 물건을 받는 사람, 그리고 전 지구적으로도 윈윈이고요.

제 경우는 지역 주민 커뮤니티를 많이 이용했습니다. 무료 나눔을 한다고 하면 대부분 직접 가지러 오시더라고요. 당근마켓 앱도 쓰시는 분이 많다고 알고 있습니다. 헌 책을 팔 때는 알라딘 중고서점을 잘 이용했고, 중고나라도 귀찮지만 비싼 물건을 팔 때 종종 씁니다. 그 외에도 찾아보면 유기견들을 위해 헌 옷을 받는 보호소, 아름다운가게 등 물건을 나눌 수 있는 곳들이 많습니다.

### ⑥ 쓰지 않는 물건을 버리는 것은 낭비가 아니다

낭비라는 생각에 마음이 꺼려지는 분들이 있을 텐데요. 잘 쓸 물건을 버리는 게 낭비지 쓰지 않을 물건을 버리는 것은 낭비가 아닙니다. 어떤 것이 낭비인지 따지자면, 쓰지 않을 물건을 샀을 때 돈을 낭비한 것이고, 그 물건을 만드는 데 들어간 자원을 낭비한 것입니다.

물건을 산 시점은 이미 과거로 지나갔습니다. 현재에는 쓰지 않을 물건을 아깝다는 이유로 계속 껴안고 있는 행위가 공간과 시간의 낭비라고 생각합니다. 물론 쓰린 마음은 백 번 이해하지만, 이 일을 발판 삼아 다음부터는 꼭 쓸 것만 사자고 교훈을 얻으면 됩니다.

/

## 쾌적한 환경
## 유지하기

/

자, 물건을 다 줄이셨나요? 하지만 이것만으로 정리정돈이 끝난 것은 아닙니다. 아직 우리에게는 그날 그 날 쓴 물건들을 바로 제자리에 돌려두는 과정들이 남아있습니다. 이 과정까지 습관화가 되어야 깔끔한 공간을 일상적으로 유지할 수 있죠. 큰 에너지를 들이지 않고도 깔끔한 상태를 유지하게 해준 팁을 몇 가지 공개하겠습니다.

**☑ 바구니를 하나 마련한다.**

가방을 2개 이상 돌려쓰며 정리를 잘 못하시는 분

들은, 외출 직전 급하게 중요한 물건을(카드, 립스틱, 지갑, 열쇠 등) 찾느라 온 방을 뒤집으며 폭탄 맞은 것처럼 만든 경험이 있을 겁니다.

방 서랍도 열어서 뒤적여보고, 일주일 전에 입은 옷을 끄집어내 주머니를 헤집고, 엊그제 맨 가방 속 주머니까지 탈탈 털어 보면서 말이죠. 이러다 보면 약속 시간에 늦는 것은 덤이고, 급하게 나가느라 어지른 것을 정리하지도 못하기에 더러움의 악순환이 시작됩니다. 집이 넓으면 문제는 더 심각해지고요.

그러지 말고 적당한 사이즈의 오픈된 바구니를 마련해서, 집에 돌아오자마자 옷 주머니와 가방 속의 모든 물품을 바구니에 통째로 엎어버리십시오. 중요한 부분은 '엎어버리십시오'입니다! 절대 하나하나 넣지 마세요! 정리하려고도 하지 마세요!

그것은 우리에게 아직 너무 고급 단계입니다. 규칙 정해서 바구니 안에 정리해놓으려고 하면 귀찮아서 안 하게 됩니다. 그냥 가방을 거꾸로 뒤집어서 안에 있는 모든 걸 탈탈 털어 넣기만 하면 됩니다.

주요 소지품이 어디 있는지 외출 때마다 고민하고 시간 쓸 일도, 물건을 찾느라 온 방을 뒤집어 놓을 필요도 없지요. 어차피 바구니 안에 다 있으니까요. 심각하게 정리를 못하는 분들은 이 항목을 실행하는 것만으로도 삶의 질이 굉장히 올라갈 겁니다.

### ⊘ 외출에서 돌아온 직후 15분을 정리 시간으로 만든다.

타이머를 하나 마련하세요. 수험생들이 쓰는 버튼 많이 달린 것 말고 키친 타이머처럼 버튼이 크고 쉽게 조작할 수 있는 직관적이고 단순한 모양이 좋습니다. 타이머를 산 다음 외출에서 돌아온 직후 15분을 세팅하세요. 그 15분 동안은 옷 갈아입고 제자리에 걸기, 가방 정리하기, 간단히 씻기를 실천해 보세요. 놀랍게도 저 모든 일을 하는 데 15분이면 충분합니다.

15분 동안 안 끝났다? 그럼 그냥 다음에 하세요. 15분이 너무 길다면? 10분으로 줄이세요. 그것도 길다 싶으면 5분도 좋습니다. 중요한 것은 본인에게 부담을 주지 않는 겁니다!

### ⊘ 물건을 줄인다.

사실 이게 가장 근본적이고 중요한 해결책인데 단기간에 끝내기는 힘든 일이라 뒤쪽에 넣었습니다. 물건이 적으면 아무리 정리를 못해도 그다지 더러워지지 않습니다. 또한 좀 더럽혀진다 해도 정리하는 데 시간이 적게 들고요.

내가 쓰는 화장품이 딱 3개라면? 외출을 앞두고 어떤 난리를 쳐도 화장대가 더러워지는 일은 없겠죠. 내가 쓰는 식기가 밥그릇 국그릇 1개씩이라면? 개수대에 절대 설거지가 2개 이상 쌓일 일이 없을 겁니다. 극단적인 예를 들긴 했는데요, 직접 경험해보면 물건을 확 줄일 때마다 삶의 질이 올라가는 걸 느끼실 수 있을 겁니다.

**✓ 본인의 더러움 시작 포인트를 찾자.**

방이 더러워지는 과정을 천천히 지켜보면 아시겠지만, 절대 모든 부분이 균일한 속도로 더러워지지 않습니다. 보통 자주 사용하거나(ex: 책상, 화장대) 잡동사니를 놓기 쉬운 공간(ex: 의자나 침대에 옷 놓기)

이 제일 먼저 더러워지기 시작합니다. 한 군데가 더러워졌다는 인식이 머릿속에 생기면, 무의식적으로 다른 부분을 어지럽히기가 더 쉬워집니다. 깨끗하게 유지해야 한다는 긴장감이 일순간에 깨진다고 할까요.

그러면 공간의 다른 부분도 죄책감 없이 더럽히기 쉬워지고, 순식간에 더러움이 방 전체로 확산됩니다. 생활공간이 더러워지니 업무 수행이나 수면, 식사 등의 기본적 생활이 잘 안되고, 왠지 방 정리는 점점 더 하기 싫어지고, 결국 걷잡을 수 없는 악순환을 불러오죠.

주의를 기울여 방이 어디부터 더러워지는지 시작

점을 찾아보세요. 제 경우 본가에서는 책상 위, 자취방에 있을 때는 쌓인 설거지가 더러움의 시작점이었습니다. 더러움 시작 포인트를 찾으셨나요? 그렇다면 그 부분을 치우는 일을 고정일과로 만들어주세요. 매일 일정 시간에 알람을 울려서 그 부분을 치워주는 방법을 추천합니다. 저는 아예 매일 자기 전에 책상 위를 치우는 것을 습관화했어요.

☑ 1 움직임 1 제자리 원칙을 습관화한다.

당연한 말이겠지만, 주변 환경은 드물게 쓰는 물건으로 인해 더러워지는 게 아닙니다. 평소 옷장 위에 올려 둔 제수용품이 아무데나 널브러져서 고통받는 분은 없을 겁니다. 공간이 더러워지는 원인은 일상에서 자주 사용하는 물건들 때문입니다. 너무 자주 쓰다 보니 제자리를 찾아줘야겠다는 생각도 못한 물건, 당연한 일상의 동선에서 길을 잃은 물건 말이죠.

예를 들어 거실에서 음료를 마시며 텔레비전을 보고 컵을 그대로 둔다든지, 화장실로 책을 들고 들어갔다가 다시 서재에 안 꽂아놨다든지, 서랍에서 스테이플러를 꺼내 서류를 찍고 원래 있던 서랍에 안 갖다 놨다든지요. 이런 물건들만 잘 치워도 공간은 쉽게 더러워지지 않습니다.

그래서 아예 일상적인 공간 안에서 이동할 때마다 손에 하나씩 물건을 들고 제자리에 두는 걸 습관화 해봐요. 이왕 움직이는 김에 제자리를 못 찾아 눈에 툭 거슬리는 물건을 들고 움직이는 거예요. 예를 들어 부엌에 간식을 꺼내러 갈 때 테이블 위에 있던 컵을 치우고, 문을 잠그러 갈 때 책상 위에 있던 손톱깎이를 현관 서랍에 두는 식으로 말이죠. 이 행위가 습관이 되면 오히려 안 하면 어색할 정도로 몸에 뱁니다.

# 아주 오래된
# 감정습관 바꾸기

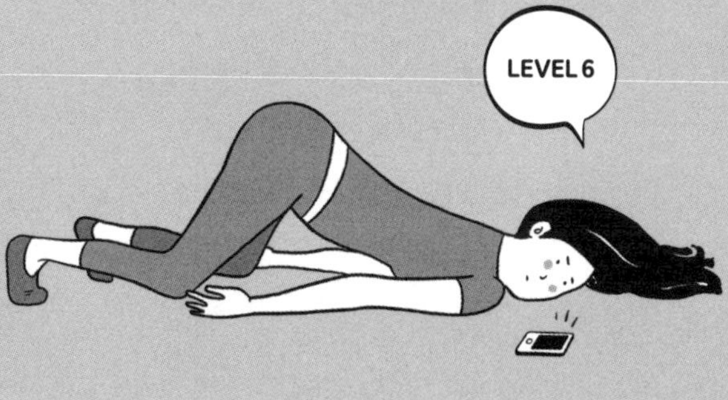

낡은 습관을 자를 새로운 습관이
충분히 강해질 때까지 집중하기 위해선 무엇이 필요할까?
그것은 훌륭한 코치가 갖추어야 할 덕목과 같다.
끈기와 너그러움, 그리고 유머감각.
너그럽지 않으면 오래 할 수 없다.

곽세라, 〈앉는 법, 서는 법, 걷는 법〉

## 스마트폰과의 이별,
## 마음만으로는 어렵다

이번 장에서는 제 인생을 가장 크게 망친 스마트폰 중독을 개선하는 법을 써보겠습니다. 저는 SNS와 커뮤니티를 전전하며 심할 때는 하루 12시간 이상, 평균 6시간 이상 스마트폰을 사용한 흑역사를 가지고 있습니다. 사실 근본적으로 스마트폰 중독은 일상이 스마트폰보다 흥미롭고 재밌는 일로 가득 차 있으면 저절로 치료됩니다. 과연 내가 럭셔리크루즈 여행을 가서도 지금처럼 스마트폰을 많이 할까? 생각해보시면 답이 나오죠.

지금 당장 재밌는 일들로 일상을 가득 채울 수 없다면 스마트폰 사용 시간을 의도적으로 조절하는 피상적인 방식으로라도 중독 해결을 시도해봅시다. 스마트폰 사용 시간을 줄이다 보면 역으로 현실에 집중하게 돼서 일상이 좀 더 재밌어지기도 하고, 빈 시간을 다른 알찬 일과로 채우고 싶어지기도 합니다. 여러 가지 재밌는 선순환이 일어나기도 하고요.

스마트폰 사용 시간을 줄이기 위해서는 역시나 우리의 자발적인 의지만으론 역부족입니다. 이 책을 통틀어 가장 단호하게 말합니다. 타인의 도움을 구할 수 있으면 꼭 구하세요! 동거인에게 감시를 부탁하든지, 친구에게 매일 사용시간을 공유하지 않으면 벌금을 낸다든지, 일정 시간 동안 가족에게 핸드폰을 맡겨 둔다든지 하는 식으로요.

그와 더불어, 혹은 타인의 도움이 불가능 하다면 스마트폰의 콘텐츠, 기기를 차단하는 등 강제적인 환경의 변화가 있어야만 합니다.

## 스마트폰 중독을 끊기 위한 마인드 리셋

스스로가 '스마트폰 중독'이라고 느끼실 정도인 분들은 본인이 현실의 무언가에 대한 도피처로써 스마트폰을 이용하고 있음을 자각하셔야 합니다.

제 경우에는 진로, 인간관계, 공부 등 중요하지만 힘든 과업을 회피하고 싶은 욕구였던 것 같습니다. 눈앞의 과제들을 하나하나 직면하고 해결해나가는 게 막연히 무섭고 힘들어 보여 피하기만 했습니다. 해야 할 일들을 모두 피하고 나니 시간이 너무 많이 남고, 그렇게 빈 시간을 죽이기 위해서 뭐라도 해야 했으니 가장 손쉽게 닿는 스마트폰을 하며 보냈던 거죠.

캐나다의 심리학자 브루스 K. 알렉산더B.K.Alexander 박사의 '쥐 공원rat park'실험을 인상 깊게 읽었습니다.

혼자 고립된 쥐는 쉽게 모르핀에 중독되지만 장난감이 마련된 넓은 환경, 다른 쥐들과 자연스럽게 교류할 수 있는 환경의 쥐는 쉽게 모르핀에 중독되지 않았습니다. 이 실험이 저에게는 스마트폰 중독에 대해 많은 시사점을 주었습니다.

이 실험 내용을 듣고 충격을 받은 뒤, 스마트폰으로 얼마나 의미 없을 뿐더러 재미없는 시간을 제가 보내고 있었는지 깨달았습니다. 커뮤니티에서 보는 꿀팁, 정보 하나하나 다 중요해 보이고 없으면 못 살 것 같았지만 정작 스마트폰 끄면 거의 기억 안 나는 글들이 대다수죠. 타인들의 SNS를 쭉 훑다 보면 흥미 있는 글들이 끝도 없이 이어지지만, 막상 스마트폰을 끄고 누우면 씁쓸한 뒷맛만이 남곤 했습니다.

여러 방법을 시도해 보았지만 점진적으로, 자발적인 의지로 스마트폰 사용을 줄이는 방식은 전혀 효과를 보지 못했습니다. 배가 터질 때까지 먹는 게 습관이 되어버린 사람에게 알아서 적당히 먹으라고 한다고 적당히 먹기 어려운 것처럼요. 오늘은 스마트폰 3시간, 내일은 2시간만 하자고 해도 5분만 더 해야지 하다가 3시간 이상을 채웠습니다.

SNS A와 B 중에서 B를 탈퇴하고 A만 하기로 한 경우, 효과가 아예 없는 것은 아니었지만, 그동안의 관성이 있기에 B를 안 하는 시간을 A로 채우려고 했습니다. 그래서 끊기로 마음먹었다면, 가능한 한 All or nothing 방식으로 확 끊어버리는 걸 권장합니다. 이를 위해 제가 사용한 방식은 SNS와 포털 비밀번호 바꾸기(계속 이용해야 하는 경우)와 계정 삭제(이용하지 않아도 되는 경우)입니다.

비활성화 도중 로그인하면 계정이 다시 살아나기 때문에, 비밀번호를 복잡하게 바꿔야 합니다. 일단 메모장에 아무 복잡한 문자나 치고 복사 붙여넣기해서 계정 비밀번호를 바꾸고 비활성화하면 다시 로그인할 위험성을 줄일 수 있죠. 가능하면 비밀번호를 바꿀 수 있는 연락처를 가족의 정보로 바꿔두시고, 정말 급할 때만 가족에게 물어보세요.

중독자들이 스마트폰으로 보내는 시간은 재밌는 시간이 아니라, 생각을 안해도 되는 쉬운 시간이라고 저는 생각합니다. 그냥 빈 시간을 채우기 위해 습관적이고, 관성적이고, 무덤덤한 기분으로 할 뿐이죠. 쉬운 시간이고 생각을 안 해도 되는 시간이라고 생각합니다.

스마트폰으로 즐기던 일들이 없어지면 너무 심심하고 세상이 공허할 것 같았는데, 조금 지나니 생각보다 덤덤한 기분이라는 걸 깨닫게 됐어요. 또한 빈 시간을 채우기 위해 뭔가 생산적인 일(사실 스마트폰보다는 웬만하면 다 생산적입니다)을 시작하게 됩니다. 그 다른 일에 집중하다 보니 보람이 생기고, 스스로 성취감을 느끼니 스마트폰 생각이 점점 줄어들더라구요.

/

## 스마트폰
## 금단 증상 방지하기

/

그래도 스마트폰 금단 증상을 위해 할 일을 마련해두세요. 핸드폰, 컴퓨터를 사용하지 않고 해롭지 않은 일이라면 뭐든 좋습니다. 가능하다면 텔레비전도 피하면 좋습니다. 운동, 영화 보기, 스도쿠, 체조, 책읽기, 글쓰기, 그림그리기, 산책, 공예 등을 해보세요. 스마트폰보다 훨씬 생산적입니다.

사실 콘텐츠 차단은 쓸 말이 많지 않네요. 흥미를 끌 모든 콘텐츠를 모두 차단한다는 게 현실적으로 불가능하기도 하고요.(당장 카톡만 해도 뉴스, 검색 기능이 딸려 있습니다.) 바로 다음 나올 기기 차단이 훨씬 근본적인 해결책인 것 같아요.

기기 차단법 설명에 들어가기 앞서, 스마트폰 사용 줄이겠다고 요금제 줄이지 마세요. 중독자들은 데이터 경고 무시하고 그냥 해서 요금폭탄만 맞게 됩니다. 폴더 스마트폰도 사지 마세요. 불편해서 조금 쓸 것 같지만 불편한 채로 오래 쓰게 됩니다.

### 기기 차단법

**넌 얼마나 쓰니(무료)**

무료 치고는 아주아주아주 훌륭한 어플입니다. 일단 까는 순간 하루 사용시간 체크(전체 사용시간/어플별 사용시간 확인)가 시작되기에 자신의 현 상황을 진단해보고 충격을 받을 수 있습니다. 또한 차단 기능 중 시간대별 자동차단, 쓸 어플만 빼고 차단 등이 있기 때문에 사용하기 편리합니다.

단 한 가지 단점은 이 어플에도 허점이 있어서 요리조리 노력하다 보면 어플 차단을 뚫고 다시 스마트폰을 이용할 수 있다는 점입니다. 어플 뚫을 노력은 안 할 정도의 최소한의 자제력이 있는 분들이 사용하시면 좋을 것 같습니다.

**엑스키퍼(유료)**

원래 부모가 자녀 스마트폰 차단하라는 용도로 나온 어플입니다. 그렇다 보니 차단기능이 강력해서 이걸 뚫고 딴 짓을 하기가 굉장히 어렵습니다.
인터넷 사이트에서 결제하고, 스마트폰 차단 기능을 설정한 뒤 내 핸드폰에 자녀용 어플을 깔아서 쓰면 됩니다.
기능이나 사용법은 넌 얼마나 쓰니와 구조적으로 비슷합니다. 이것도 시간대별 차단/쓸 어플만 빼고 차단/사이트 차단 등이 가능합니다.

**키친세이프**

뚜껑에 타이머가 달린 단단한 플라스틱 상자입니다. 제가 써본 모든 스마트폰 차단 시도 중 가장 강력합니다.
아직 한국에선 팔지 않아 구매가 좀 번거로운데, Amazon 혹은 ksafe 홈페이지에서 구매할 수 있고, 배송은 2~3주 정도 걸립니다. 본품(중간 사이즈)은 6만원 정도, 배송료가 만 원 좀 넘게 들었지만 저는 구매를 후회하지 않습니다.
작동 원리는 간단합니다. 스마트폰을 넣고, 사용 중단할 시간을 타이머로 돌리고, 작동시키면 됩니다. 그러면 지정한 시간이 끝나기 전까지는 절대 어떤 수를 써도 열 수 없습니다. 단 한 가지 열 수 있는 방법은 본체를 부숴버리는 것뿐입니다…!
넣고 나면 체념하게 된다고 할까요… 내가 무슨 수를 써도 시간이 끝날 때까지는 스마트폰을 할 수 없는 걸 아니까 약간 포기한 마음으로 다른 일에 집중하게 됩니다. 중요한 연락 받으실 일이 많으신 분들께는 추천하지 않습니다.

**열공백배(유료)**

스마트폰을 잠궈두면 꼭 컴퓨터로 오는 경우가 생기는데요, 그 때를 대비해 필요한 프로그램입니다. 특히 노트북으로 인강을 들을 일이 많으신 수험생 분들께 적극 추천드립니다.
이것도 원하는 사이트/프로그램 차단 등이 가능합니다. 또한 요일별/기간별로 차단 스케줄 설정이 가능해서 한 번만 설정해두면 매번 잠그지 않아도 저절로 잠궈주는 점이 장점입니다. 몇 년 째 잘 쓰고 있네요.

/

# 느리고 덜컹거려도, 잊지 말아야 할 것들

/

어느새 마지막 장에 다다랐습니다. 독자 분들이 (기쁘게도) 이 책에서 도움이 될 만한 방법을 발견해, 내일부터 실행하기 시작했다고 가정해보죠. 운이 좋은 경우는 새로운 방법을 꾸준히 실행하며, 점점 달라지는 자신의 모습에 탄력을 받아 변화의 흐름을 지속할 수 있을 겁니다.

하지만 대다수 게으르머들은 오늘은 한 발짝 나아가서 기분이 좋아졌다가도, 내일은 새로운 시도에 실패하기 일쑤일 겁니다. 새로운 방식을 간신히 며칠 지속하다가도 뭔가 틀어져서 다시 게으른 삶의 패턴으로 원상복귀 될 확률도 높고요. 어쩌면 변화-복귀-변화-복귀라는 패턴이 반복되어서 결국은 제자리걸음을 하는 듯한 느낌이 들 수도 있을 거에요. 혹은 하라는 대로 했는데 당장 가시적인 변화가 안 보여서 답답할 때도 있을 겁니다.

저 또한 다르지 않습니다. 이렇게 책 한 권 분량을 장황하게 써놓았지만, 저 또한 20년 넘게 저를 지배해온 게으름에서 완전히 벗어나진 못했습니다. 지금도 에잇 하는 기분이 들어버리면 하루 종일 드라마를 정주행하고 후회할 때도 있고, 할 일을 방치하다가 결국 하나도 못 하고 하루를 날릴 때도 있고, 살짝 정신 줄을 놓으면 새벽 네 시에 자버린 뒤 생활패턴을 되돌리느라 다시 고생할 때도 있습니다.

그렇게 한 번 조바심이 나기 시작한 마음은 쉽게 흔들립니다. 특히나 누군가의 지적에 취약합니다.

☑ 그냥 하면 되잖아, 왜 생각만 하고 있어, 왜 매일 늦게 자, 왜 할 일을 회피하고 다른 일을 하고 있어.

이런 지적들은 일견 너무 타당하기에 정말로 내가 생각만 바꾸면 되는 일을 회피하는 걸까, 천성적으로 게으른 인간인가하는 생각으로 마음이 많이 뒤흔들릴 수밖에 없더라고요.

하지만 변화하려고 시도하고, 며칠 지속하다 다시 실패하고, 나는 원래 게으른 인간인 것 같다며 포기를 수십 번 반복하다, 마침내 유의미한 변화를 얻은 제가 느낀 점은, 중간에 실패하는 것은 중요하지 않다는 것입니다. 정말 중요한 것은 당장 하루하루의 성취가 아니라, 몇 십 년간 몸에 밴 게으름을 떨쳐내고자 변화를 선택했다는 자체입니다. 그리고 그 다짐을 잔잔하게 끌고 가겠다는 마음입니다.

그 과정에서 제가 느낀 점은, 게으르고 부지런함은 마음가짐의 문제가 아니라 몸과 습관의 문제에 더 가까운 것 같았어요. 오늘 수영 이론서에서 팔을 돌리고 발장구를 치는 법을 자세히 읽고, 내일부터

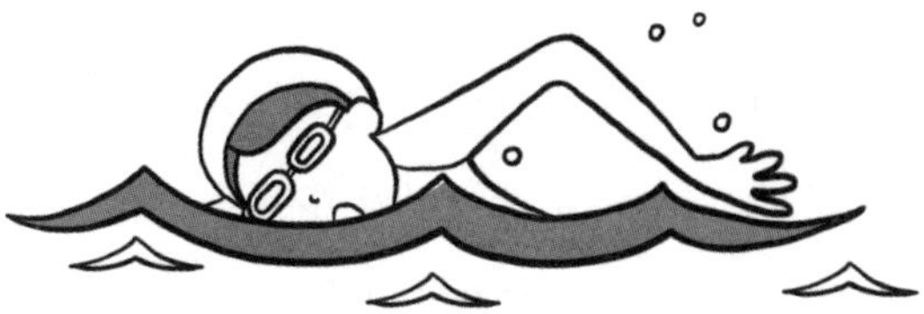

수영을 잘 해보자고 마음먹어도 몸이 절대 한 번에 잘 움직이지 않잖아요. 계속 물 먹어가면서 어설프게 깔판 잡고 발장구라도 계속 쳐보고, 그렇게 몇날 며칠 반복해서 움직이는 폼이 점점 익숙해지다 보면 어느새 몸이 뜨는 거죠.

저는 게으름을 고쳐나가는 과정도 그와 비슷하다고 생각해요. 오늘 이 책 읽은 대로 내일부터 알차게 살자고 다짐해도 바로 부지런함이 몸에 체화되지는 않을 거예요. 하지만 어설프더라도 오늘 바른 습관을 조금 들여놓으면, 그걸 기반으로 내일은 더 높은 강도의 습관을 들일 수 있겠죠. 그렇게 시행착오를 겪으며 반복하다 보면 어느새 더 이상 게으르지 않다고 말할 수 있을 정도의 상태가 되는 것이라고 생각해요. 관성 때문에 원점으로 다시 되돌아와도 극복해본 경험이 있으니 게으름의 늪에서 다시 빠져나가기가 훨씬 쉽고요.

초반엔 계속 덜컹거리며 남들보다 느리게 갈 수밖에 없어요. 비유하자면 우리는 오랫동안 방치해둔 차를 몰아야 하는 장롱면허 운전자이고, 그런 상황에서 후회만 하고 있으면 아무 도움도 되지 않겠죠. 일단 움직이기로 마음먹은 이상, 여기저기 고장 난 부품도 고치고, 기름도 채우고, 연수도 받으며 다시 차에 익숙해져야 합니다.

물론 내 차는 급정거와 급제동을 반복하며 덜컹거리는데 유연하게 달리는 차들을 보면 부럽고 마음이 급해질 수밖에 없죠. 하지만 초반에 자동차를 수리하고, 운전을 연습하며 차에 익숙해지는 과정을 거치지 않고서는 절대 오랫동안 안전하게 운전할 수 없습니다. 남들은 그 과정을 예전에 거쳤기에 지금 씽씽 달릴 수 있는 것이라고 생각합니다.

멀지 않은 미래에 남들만큼 해낼 수 있다는 믿음을 가지고 천천히 자동차를 정비하면 좋겠어요. 그렇게 느릿느릿 스스로를 변화시키는 시간을 겪고 난 뒤에는, 쉬이 게으름에 굴러 떨어지지 않는 단단한 의지력을, 혹시 다시 게을러졌다 해도 쉽게 원상복귀시킬 수 있는 탄성력을 얻게 될 겁니다.

/

## 중독보다 더 위험한 자기비하

/

이어지는 맥락에서, 자기비하를 하지 말아주셨으면 합니다. 제가 이 책에서 가장 강조하고 싶은 내용이에요. 그동안 저에게 자기비하는 인식조차 못할 정도로 삶 속 깊이 스며든, 거의 호흡의 일부 같은 행위였습니다.

저는 게으름 그 자체 때문에 스스로가 1차로 한심해보였고, '그냥 하면 되는 걸 왜 괴로워하지' 라는 타인들의 시선 때문에 2차로 바보 같아 보였고, 그 타인들의 지적이 제가 봐도 너무 타당했기에 3차로 괴로웠습니다. 그러다 보니 이중 삼중으로 자기비하를 하곤 했죠.

게으름을 고치고 싶지만 쉽게 변화하지 못한 분들에게도 아마 자기비하 습관이 있을 거예요. 저도 자잘한 행동 하나하나마다 자기비하가 관성적으로 튀어나왔어요. 늦게 일어났기에 하루를 시작하자마자 자기비하 한 번, 핸드폰 하다가 버스를 놓친 것에 대한 비하 한 번, 수업시간에 집중하지 못할 때 한 번, 과제를 해야 하는 데 하지 못할 때, 집에 와서 지저분한 방을 볼 때, 저녁에 해야 할 공부를 하지 못할 때, 어느새 지나버린 취침 시간을 볼 때까지.

그렇게 '나 진짜 별로다'로 아침을 시작해 '나 진짜 한심했다'로 하루를 마무리하곤 했죠. 하루를 끝낼 때마다 자괴감이 한 층 쌓였고, 그런 나날들이 층층이 쌓이며 어느새 제 몸은 자기비하와 자괴감으로 꽉꽉 들어찼어요. 그렇다고 그 자괴감이 대다수에게 이해받을 수 있는 종류도 아니고, 나 자신에게 백 퍼센트 원인이 있는, 내가 한심하게 살아 생기는 괴로움이기에 속으로만 조용히 곪아갔죠.

좀 더 큰 차원의 자기비하도 있었습니다. 어떤 시험이나 프로젝트를 준비할 때, 저는 게으른 성향 때문에 늘 최선을 다하지 못했어요. 그러다보니 결과물이 잘 나와도 나를 인정할 수가 없고 늘 불안했어요. 이 결과가 내 힘으로 최선을 다해 얻은 것이 아니라는 걸 잘 알고 있기에, 내 실력이 아니라 운이라는 게 명확했기에 마음껏 기뻐하지도 못했죠. 타인들이 그 결과물을 칭찬해줘도 진심으로 공감할 수 없었고 속이 허했습니다.

그렇다고 해서 내가 했던 만큼 별로인 결과가 나왔다고 속이 편했던 것은 아닙니다. 오히려 그런 결과가 나오는 날이면 자괴감은 더욱 심해졌죠. 좀 더 최선을 다할 걸, 나는 왜 그랬을까 등의 뒤늦은 후회가 들어 나 자신이 점점 싫어졌습니다. 그런 일들이 반복되다 보면 점점 저를 믿을 수가 없어지고, 어차피 또 열심히 안할 걸 알기에 새로운 무언가를 시작하기 겁이 났습니다.

그렇게 자기비하를 많이 해봤던 제가 단호하게 말씀드리고 싶네요. 게으름에서 정말로 탈출하고 싶다면, 뿌리 깊이 박힌 자기비하라는 습관을 의식적으로 끊어내야만 합니다.

제가 이렇게 말씀드리는 이유는 자기비하를 하면 기분이 나빠지기 때문이 아닙니다. 자존감이 떨어지기 때문도 아니고, 소중한 나를 아껴줘야 하기 때문도 아닙니다. 물론 그것들 또한 중요한 요소이지만, 결정적인 이유는 아닙니다.

저는 나 자신을 무조건 아껴주고 부둥부둥 해줘야 한다고 생각하지 않습니다. 살다 보면 누군가의 매서운 말, 적확한 지적이 내 기분을 나쁘게 할 수도 있지만, 장기적으로 보면 현실 감각을 키우게 해 앞으로 나아가는 데 도움이 됐던 기억이 많습니다. 그렇다면 제가 왜 자기비하를 하지 말라고 할까요?

**✓ 자기비하를 하지 말아야 하는 결정적인 이유는, 자기비하가 발전에 전혀 도움이 되지 않기 때문입니다.**

만약에 자기비하를 했을 때 내 기분이 나빠도, 그를 바탕으로 발전하는 데 도움이 됐다면 이렇게까지 뜯어말리진 않았을 겁니다. 하지만 자기비하는 발전에 기여하지 못합니다. 타인이 객관적인 분석을 통해 정확한 문제점을 지적하고 효율적인 개선책을 눈앞에 들이밀어도 우리는 변화할까 말까입니다. 그러니 스스로가 흐리멍텅하게 자신을 지켜보고, 할 일을 못했다는 이유로 막연한 부정적 감정을 품으며 자기비하를 하는 것은 발전에 어떤 식으로도 도움이 되지 않겠죠.

물론 부정적인 감정이 동력이 되는 사람도 있겠지요. 하지만 그게 우리는 아닙니다. 만약 그간의 수많은 자기비하가 발전의 원동력이 되었다면 이 책을 읽고 계시지 않았을 것이라 생각합니다.

자기비하는 도움이 안 되는 수준을 넘어서 긍정적인 변화에 해악을 끼치기까지 합니다. 자기비하는 '나는 원래 성실해질 수 없는 사람'이라는 인식을 단단히 굳히는 주범 중 하나입니다. '나는 원래 안 돼'라는 마음의 소리가 쌓여갈수록 새롭게 행동할 동력이나 자신감이 떨어지는 점은 더 말할 것도 없겠죠.

- ✅ 자기비하를 하면 잘못 보낸 시간을 되돌릴 수 있는가?
- ✅ 자기비하를 하면 더 나은 사람이 되는 데 도움이 되는가?
- ✅ 나는 자기비하를 하며 멈춰있는 사람이 되고 싶은가?

그 어느 것도 아닐 겁니다. 이젠 지겨우시겠지만,

우리의 의지력은 아직 유치원생 수준이라고 했습니다. 내가 좋아하는 유치원생 조카가 있다고 가정해봅시다. 조카가 할 일을 어제 못했다고 완벽주의에 빠져 괴로워하면 좋을까요, 아니면 뭐 그럴 수도 있지, 하고 오늘 할 일을 다시 씩씩하게 하면 좋을까요? 당연히 후자겠죠.

물론 한 치의 오차 없이, 풀어지는 날 없이 매일 매일 목표를 달성하고 당당한 기분으로 지낼 수 있다면 가장 이상적이겠죠. 하지만 한번 마음먹고 새로운 방법을 시도했는데, 그걸 바로 몸에 밸 수 있게 할 정도의 의지력이면 애초에 지금까지 게으르지 않았을 겁니다! 그러니 변화를 시도하며 중간 중간 풀어지는 것은 당연한 겁니다.

제 주변의 열심히 사는 친구들도 컨디션이 안 좋거나, 마음이 너무 안 내키거나 하면 가끔 모든 걸 툭 놓아버리는 때도 있습니다. 그렇게 열심히 사는 친구들도 매일 성실히 살지는 못하는데, 오랜 게으름이 몸에 밴 우리가 자주 덜컹거리는 것은 당연한 일 아닐까요?

에필로그

# 프로게으르머의 반전 인생을 위하여

앞에서 쓴 내용을 요약하자면

- ☑ 변화를 시도하는 초반엔 남들보다 덜컹거리고 느리게 갈 수밖에 없다.
- ☑ 그러니까 마음대로 되지 않는다고 자기비하하지 말자. 이는 어떠한 도움도 되지 않는다.

정도가 되겠네요. 물론 성실함을 타고난 사람은 분명히 있고, 발휘할 수 있는 최대 역량은 사람마다 다를 수밖에 없습니다.

제 주변에는 (놀랍게도) 하루 다섯 시간만 자도 충분하고, (저는 잘 이해할 수 없지만) 잠자는 걸 별로 안 좋아하고, 쉴 틈 없이 이것저것 새로운 일 벌이는 것을 좋아하는 친구들도 있습니다. 심지어 힘든 목표를 이뤄나가면서 겪는 고통과 초조와 불안이 너무 좋다고 말하는 친구도 있습니다.

저는 몇 번을 다시 태어나도 그 정도로 부지런히 사는 사람은 못 될 것 같습니다. 하지만 자신의 최대 역량이 어느 정도인지 해보기 전까지는 모르는 것이고, 최대 역량과 별개로 '게으름 때문에 스스로를 싫어하지 않을 만큼' '자기 할 일 해낼 만큼'은 누구나 할 수 있다고 생각합니다. 저도 할 수 있었으니까요.

게으름에 관한 맥락에서 나온 얘기는 아니었지만, 저에게 울림을 주었던 한 상담 선생님의 말을 마지막으로 옮겨놓고 가겠습니다. 이 말이 독자 분들께도 도움이 되면 좋겠네요.

"타고난 천성이란 게 분명히 있고, 그걸 아예 버릴 순 없어요.

오른손잡이가 당장 왼손잡이가 될 수 없는 것과

비슷하다고 생각하시면 돼요.

하지만,

내가 아무리 오른손잡이래도 왼손 쓰는 법을

어느 정도 살아가는 데 필요한 만큼은 익힐 순 있겠죠.

아주 잘하진 못하더라도 말이에요."

# 언젠간 달라지겠지

아내와 처음 손을 잡았을 때 그 황당함이 아직도 생생하다. 보통 남자 손인 나보다 손가락이 더 길게 나와 있었다. 나중에 손바닥을 맞대보고 그 황당함이 뭔가 모를 공포로 변했다. '손가락이 길면 게으르다'라는 할머니의 말이 깊이 각인되어 있었기 때문이다.

결혼 후 아내의 생활을 보니 틈나는 대로 잠을 자주 잘 자는 것 빼놓고는 나보다 더 부지런했다. 그래서 '이 사람이 게으른 사람일지 모른다'는 두려움에서 조금씩은 벗어났다. 그렇게 행복한 나날을 보냈는데, 다시 공포스런 날들이 찾아왔다. 두 딸의 탄생이다. 두 아이 다 낳긴 낳았는데 낳는 족족 손가락이 유난히 길었다. '그래도 제 엄마를 닮았으면 별일 없겠지!'라며 스스로를 위로했다.

사실 나도 게으른 면이 많기에 좀 부지런한 사람들을 식구로 맞이하고 싶어서였을 것이다. 첫째 아이는 커가면서 게으르지만 그런대로 부지런한 모습을 보여 막연한 불안감이 어느 정도 해소되었다. 제 엄마를 만나면서부터 가졌던 막연한 불안감이 현실이 된 것은 둘째가 성장해가면서였다. 현관에 들어서면서부터 신발은 사방으로 발로 차듯 멀리 벗어던지고, 방안에 옷가지와 물건들은 산만하기 그지없었다. 책은 왜 그리 곳곳에 널려져 있었는지.

지이가 어릴 적, 언니 따라 피아노를 배우러 다녔는데, 피아노에는 관심 없고 학원에 비치된 만화책 시리즈만 싸그리 읽고 왔다. 심지어 언니보다 늦게 오는 날도 종종 있어 둘째의 특성을 파악 못한 우리 철없는 부부는 둘째가 피아노에 꽤 심취한 줄만 알고 흐뭇해했다. 하지만 둘째가 언젠가부터 피아노 학원에 안 간다고 했다. 유능한 피아노영재를 잃을까봐 아쉬워했던 우리는 나중에서야 둘째의 학원포기 이유가 더 이상 읽을 만화책이 없었기 때문이라는 것을 알았다.

지이가 본격적으로 학교에 다니면서 공부하는 것(매 시험이 벼락치기였다)과 잠자는 것(고등학교 시절 반 지각비의 3/4은 자기 돈이었을 것이라고 한다), 기타 등등을 보니 아내의 긴 손가락과 두 아이의 긴 손가락, 그리고 나의 게으른 성향이 겹쳐지면서 공포감이 현실이 되고 말았다. 그래도 어른이라고 '좀 일찍 잠들고 일찍 일어나서 꾸준히 공부하라'는 둥 여러 조언을 했지만 그다지 큰 효력을 발휘하지 못했다. 그때부터 부모가 된 데 대한 자괴감 같은 것이 조금씩 들었다. 유일한 위안이 된 말은 '자식이란 인내심 약한 부모의 인내심을 길러주기 위해 다시 온 스승'이라는 구절이었다.

한 성현의 글을 보다 보면 4가지 자식교육법이 나온다. 가장 첫 번째가 심교(부모가 먼저 밝은 마음을 갖는 것), 다음이 행교(부모부터 행동으로 모범을 보이는 것), 다음이 언교(말로 잘 타이르고 이끌어주는 것), 마지막이 엄교(엄하게 가르치는 것)다. 지이가 이 추천사를 부탁한 지 꽤 시간이 지났는데 이제서야 글을 쓰면서 지이의 천성이 누구로부터 나왔는지 새삼 절감한다.

작가의 어린 시절 엄교와 언교는 아무런 효과를 거두질 못 했을 뿐 아니라 지이가 발로 차버렸다. 그래서 우리 부부가 노력할 수 있는 부분은 행교와 심교밖에 남지 않았었다. 지이라는 사람의 게으름과 수많은 번뇌가 손가락은 엄마, 성향은 아빠로부터 물려받았음을 인정하고 다만 조금이라도 그것에서 벗어나려 스스로 노력하는 것을 밝은 마음으로 흐뭇하게 봐주는 것뿐!

다행히도 그는 효과가 있었는지 어느 순간부터 지이가 조금씩 달라지기 시작했다. 잠드는 시간과 일어나는 시간이 조금씩 빨라지고, 예전엔 한 시간은 미루고서야 겨우 시작한 설거지를 요즘은 밥 먹자마자 재깍재깍 한다. 심지어 시키기 전에 방 청소도 하고 보이는 대로 집안일도 돕는다. 지이 방문을 열어볼 때마다 잘 개어진 이불과 나름대로 깔끔한 책상 위를 보면 감동을 느낀다.

어떻게 지이에게 이런 변화가 생겼는지 늘 궁금했는데, 이 책을 읽고 나서야 그간 지이의 마음에서 일어났던 일들을 조금은 이해할 수 있게 되었다. 게으름을 탈출하고 싶은 게으른 사람이라면, 혹은 게으른 자식을 둔 부모라면 한 번쯤 읽어 보셔도 좋을 듯 하다.

- 진짜 게을렀던 지이의 아버지 드림

이 모든 것은 인생이 망할 것 같다는 위기감에서 시작됐다

# 진짜 게으른 사람이 쓴 게으름 탈출법

**초판 1쇄 발행** 2020년 2월 2일
**초판 9쇄 발행** 2024년 2월 22일

**지 은 이** 지이
**펴 낸 이** 서재필
**발 행 처** 마인드빌딩

**출판신고** 2018년 1월 11일 제395-2018-000009호
**주 소** 서울시 마포구 월드컵북로 400 (상암동) 5층 7호

**이 메 일** mindbuilders@naver.com
**블 로 그** blog.naver.com/mindbuilders
**페이스북** www.facebook.com/mindbuildings



ISBN 979-11-90015-09-7 (03810)

이 도서의 국립중앙도서관 출판예정도서목록(CIP)은 서지정보유통지원시스템 홈페이지(http://seoji.nl.go.kr)와 국가자료공동목록시스템(http://www.nl.go.kr/kolisnet)에서 이용하실 수 있습니다.
(cip제어번호:CIP2020000729)

- 책값은 뒤표지에 있습니다.
- 잘못된 책은 구입하신 곳에서 바꿔드립니다.

마인드빌딩에서는 여러분의 투고 원고를 기다리고 있습니다. 출판하고 싶은 원고가 있는 분은 mindbuilders@naver.com으로 기획 의도와 간단한 개요를 연락처와 함께 보내주시기 바랍니다.